百人一首 うたものがたり

水原紫苑

講談社現代新書

はじめに

みなさん、百人一首というものはご存じだと思います。でもその意味や内容をしみじみと考えた方は案外少ないのではないでしょうか。

私は実は歌人、つまり歌を作っている人間です。歌というものは百人一首の時代から全く形が変わっていなくて、基本的に五七五七七の三十一音でできている詩です。

われらかつて魚《うを》なりし頃かたらひし
藻の蔭に似るゆふぐれ来たる　**水原紫苑『びあんか』**

〈私たちが魚だった時、一緒に話していた藻の蔭のように、ほの暗く懐かしい夕暮れがやって来た〉

こういう歌を作っています。「われらかつて」は六音なので、これは字余りと言って昔からある技法です。

でも、百人一首の古典和歌と、私たちの現代短歌とは、形は同じでも中身はいろいろ変わっています。そこがとてもむずかしいところなのですが、本の中でお話しして行きますね。

　この本では歌人として、現代の視点でどこが面白いか読む百人一首ということをポイントにしたいと思います。

　有名な漫画の「ちはやふる」もありますから、百人一首のかるた大会についてはご存じの方も多いでしょう。

　そしてまた百人一首が、平安後期から鎌倉時代の大歌人藤原定家《ふじわらのていか》（一一六二～一二四一）によって撰《えら》ばれたものだということも、あるいはご存じかも知れません。定家の子為家《ためいえ》の妻の父である宇都宮頼綱《うつのみやよりつな》（法名蓮生《れんしょう》。宇都宮の豪族）から、嵯峨《さが》中院の山荘に障子色紙を書くように頼まれて、百人の歌人の一首ずつをしたためて送ったという記事が、定家の日記『明月記』にあります。

　どうもそれが百人一首と呼ばれるものになったようです。

　定家といえばやはり大歌人藤原俊成《しゅんぜい》（一一一四～一二〇四）の子で、『新古今和歌集』の撰者であり、代表的な歌人でもありました。家集（生涯の歌集）『拾遺愚草《しゅういぐそう》』や歌論集『近代秀歌』などがあり、『源氏物語』等の注釈でも国文学の基礎になる業績を残しています。

　けれど、それが何？　という疑問も湧いて来るでしょう。私もそうでした。子どもの頃のお正月には、家族や親戚が集まって、百人一首のかるた取りをしたものですが、いったいこんなもののどこが面白いのだろうと思っていました。
ただ絵札の多くに美しいお姫様（本当は、女帝持統天皇と皇女式子《しょくし》内親王、それから家《いえ》妻《づま》である右大将道綱母《みちつなのはは》と儀同三司母《ぎどうさんしのはは》を別とすれば、他は宮廷に仕える女房たちですが、当時の私にとってはすべてお姫様だったのです）が描いてあるので、それを見るのが楽しみでした。基本的な顔立ちは同じなのですが、微妙にポーズや衣裳が違っていて飽きないのです。
中でも紫式部、清少納言、和泉式部という王朝文学の有名人については、さすがに歌にも興味を持ちました。

あらざらむこの世のほかの思ひ出に
いまひとたびの逢ふこともがな　和泉式部

これは子ども心にもただごとではないと感じました。この人いったいどんな人なんだろうと強く心を惹《ひ》かれました。

めぐり逢ひて見しやそれとも分かぬ間《ま》に
雲隠れにし夜半《よは》の月かな　紫式部

一方これは、この人があの『源氏物語』の作者なのね、その割にはあっさりしているんだなあと意外でした。

夜《よ》をこめて鳥の空音《そらね》ははかるとも
よに逢坂《あふさか》の関はゆるさじ　清少納言

そしてこれはさっぱりわからなかったのですが、絶対許さないからね、という高らかな宣言は素敵だと思いました。

自分もこの人たちのようにうたってみたいなと、畏れ多いことをうっすら願っていたような気がします。

かるたは読み手がいて、それはたいてい母や叔母が受け持つのですが、本当に歌うように読まれるそれぞれの歌は、聴いていてとても気持ちが良いということも、だんだんわかるようになったのです。かるたの名人になるには、上の句の最初が読まれたらすぐ下の句が取れるように、百首すべて暗記しないといけないのですが、私には到底無理でした。

でも毎年のお正月ごとに、「心あてに折らばや折らむ初霜の」とか「みかの原わきて流るるいづみ川」とか、意味はわからないものの、美しい音楽のような調べが、身体の奥にしみこむようになって行ったのです。

お正月とは限りません。もう少し大人になって恋をした時に、「忘れじの行末《ゆくすゑ》まではかたければ今日を限りの命ともがな」や「逢ひ見ての後《のち》の心に比ぶれば昔は物を思はざりけり」といった歌を口ずさみたくなる場面に、それから幾たびも遭遇しました。どちらも恋人と逢瀬《おうせ》を交わしたあとの歌ですが、詳しい歌の意味については、本文をお楽しみに。とにかく歌が私の気持ちそのものだったのです。

そして、百人一首は、何と人の心をうまくうたっているのだろうと驚きました。しかも千年前のものが現代にも通用することに、一層感動します。

百人一首は恋の歌ばかりではありませんが、恋の歌が大変多いのは事実です。それは『万葉集』以来、恋というものが歌の中心にあったからです。

冒頭の天智《てんじ》天皇のところでも書きましたが、恋は、人間に限らず、およそこの世に生きるものの自然の営みです。もちろん恋をしない自由もあり、また恋のうちでも生殖に関わらない自由も当然あります。

ただ、歌の歴史の中では、恋によって万物を繁栄させることが、いわば歌の使命だったわけなのです。

そして特に恋につきものなのが「物思ひ」でした。「物思ひ」「物を思ふ」というのは、恋だけに限ったことではありませんが、特に恋をすると、人は、得体の知れない「物」に取り憑《つ》かれて、魂が落ち着かずふわふわしてしまうのですね。挙げ句の果てには、魂が自分の身体から出て行ってしまうことさえあるのです。

みなさんも何か考え込むと、そういう感じになりませんか？

百人一首にはこの「物思ひ」がたくさん出て来ます。それは現代の言葉では言いようがないので、そのまま使わせていただきます。

百人一首を読み味わうことは、「物思ひ」をすることだと考えてください。

百人の歌人たちと一緒に、呼吸を合わせて、歌を口ずさみながら、同じ「物思ひ」をしてみましょう。

現代の私たちにとっても、きっと楽しいと思います。

そして、自分でも同じように歌を詠んでみよう、という気になってくださったら、歌人としてこんなうれしいことはありません。

目次

※各歌左ページのページ番号の隣に、かるた取りで下の句を判断するための、「決まり字」を記載しました。

1　秋の田のかりほの庵《いほ》の苫《とま》を荒《あら》み
わが衣手《ころもで》は露にぬれつつ

天智《てんじ》天皇

〈刈り入れのために秋の田の仮小屋にいると、屋根の苫の目が荒いので、そしてあなたの来るのに間《ま》があるので、私の衣の袖は露と涙で濡れていますよ〉　後撰集

百人一首の最初の歌はどうしてこれなんだろうと子ども心に不思議に思っていた。「かりほの庵の苫を荒み」なんて、ごつごつしておかしい気がしたのである。

だが、今改めて読んでみると見事な歌である。平安王朝の祖として尊敬された天智天皇が、民の心に成り代わって稲刈りの番小屋の情景を詠んでいるのだ。子どもの私が違和感を覚えた「苫を荒み」は「苫が荒いので」という古代的表現である。

そして、苫の目が荒いのと、恋人の訪れに間があるのとが、掛詞《かけことば》で重ねられている。衣の袖が濡れるというのは和歌の世界では恋に泣く意味なので、ここでも屋根から滴《したた》る露と来ぬ人を想う涙とが二重写しになっているわけだ。

待つ恋は女のものと決まっていたから、民に成り代わった天智天皇が、さらに恋する女に成り代わったわけである。なぜ、天皇が恋を詠むのかといえば、恋は万物生成の源であり、古代の天皇は宇宙全体の運行を司《つかさど》っていたからだ。

素晴らしい。これこそ百人一首の始まりにふさわしい。だが、冥界の天智天皇に讃辞を告げると、意外な言葉が返って来た。

「君も思っているんだろう、どうして百人一首の始まりが私の歌で、額田王《ぬかたのおおきみ》や私の弟の天武《てんむ》天皇の歌が無いのかって？」

そういえば『万葉集』で有名な額田王と大海人皇子《おおあまのみこ》、のちの天武天皇の歌は、百人一首には入っていない。

　あかねさす紫野《むらさきの》ゆき標野《しめの》ゆき
　　野守《のもり》は見ずや君が袖振る　　額田王

〈野の番人が見るではありませんか、あなたが私に袖を振るのを〉

　むらさきのにほへる妹《いも》を憎くあらば
　　人づまゆゑに吾《われ》恋ひめやも　　大海人皇子

〈美しいあなたが憎かったら、人妻に私が恋をするものですか〉

額田王は大海人皇子の妻となって子を生んだが、やがて天智天皇の妻になった。その天智天皇が行った蒲生野《がもうの》の薬狩《くすりがり》の宴席での元夫婦の戯れの歌とされている。

だが、もしかしたら、天智天皇一人は、この二人の歌を真実と思って、千年以上も嫉妬し続けているのかも知れない。

2　春過ぎて夏来《き》にけらし白妙《しろたへ》の　衣干《ころもほ》すてふ天《あま》の香具山《かぐやま》

持統《じとう》天皇

〈春が過ぎて夏が来たらしい、夏には真っ白な衣を干すという天の香具山よ〉　新古今集

初夏の気持ちのいい風景である。白いシャツやシーツを洗って干す時、よくこの歌を思い出す。誰が読んでも爽やかな一首だろう。

だが、これは現代の庶民ではなく古代の天皇の歌だ。天智天皇のところでも触れたように、古代の帝王は宇宙の運行を司るとされていたから、当然季節の順調な変化も天皇の責任である。夏の到来を寿《ことほ》いで民の心を安らかにしなければならない。「白妙の衣」も単なる景物ではなく、神聖な意味を持つのだ。

元の歌は『万葉集』から採られ、

春過ぎて夏来たるらし白妙の
　衣干したり天の香具山

という形だった。これだと現実にありありと白妙の衣が干されていることになる。

百人一首に採られた『新古今集』のヴァージョンでは、より柔らかい文体に変えられ、「干すてふ」で「干すという」という婉曲《えんきょく》な語法になった。中世の美意識であろう。

この歌を詠んだ持統天皇は天智天皇の娘で、父の弟の大海人皇子の妻となって草壁皇子《くさかべのみこ》を生んだ。同母姉の大田皇女《おおたのひめみこ》も大海人皇子の妻で大津皇子《おおつのみこ》を生んだが、大田皇女は早世してしまう。

天智天皇の死後、壬申《じんしん》の乱が起きて、勝利した大海人皇子は天武天皇となった。大海人皇子と行動を共にした持統は皇后となる。草壁皇子は皇太子に立てられた。とはいえ、世の人望は、父天武天皇に愛され、詩文を初め才能に秀でた大津皇子に集まっていた。草壁皇子は虚弱で凡庸であったようだ。

だが大津皇子は、天武天皇の死の翌月、謀叛《むほん》が発覚したとして自殺させられる。釈迢空《しゃくちょうくう》すなわち折口信夫《おりくちしのぶ》の小説『死者の書』の死者が彼である。この事件には、草壁皇子を守ろうとする母持統の意志が関わっていたと見られる。しかし、肝心の草壁皇子はまもなく病死してしまい、持統は孫の軽皇子《かるのみこ》に権力を渡すために女帝として即位する。

持統の生涯を想いつつ眠ると、天の香具山いっぱいに白妙の衣が神々しく干されているのが見えた。頂上に華麗な装いの威厳ある女性が立っている。持統らしい。私が近づいて話しかけようとすると、急に一陣の風が吹いて、白衣が一斉に翻《ひるがえ》り、血みどろの裏があらわになった。持統は一握りの灰に変わっていたのである。

3　あしびきの山鳥の尾のしだり尾の
長々し夜をひとりかも寝む

柿本人麻呂《かきのもとのひとまろ》

〈山鳥のしだれた尾のように長い長い夜を、私も山鳥と同じようにひとり寝をするのだろうか〉

拾遺集

冒頭の「あしびきの」は、「山」にかかる枕詞《まくらことば》である。そして「あしびきの山鳥の尾のしだり尾の」までが、「長々し」を呼び出す序詞《じょことば》になっている。つまり、この歌の意味は、下の句の「長い長い夜をひとりで寝るのだろうか（さびしいな）」ということだけだ。

それならそれで、手っ取り早く意味だけ言えばいいのに、とお思いの方もいらっしゃるだろう。昔の私もそうだった。

しかし、それでは歌にならない。のみならず、「ひとり寝がさびしい」というのは、当たり前過ぎて面白くないのだ。そう言われても返事のしようがない。

「あしびきの山鳥の尾のしだり尾の」が前に付くと、俄然《がぜん》豊かなイメージが出現する。「山鳥」という鳥は現実に存在する。キジ目キジ科ヤマドリ属で、日本の固有種だという。オスは尾羽が長く、メスと別々に寝るという伝承があるところからこの歌が生まれた。

これが歌のレトリックの面白さだ。ただ「ひとり寝がさびしい」というだけでは誰にも相手にされないが、可愛らしい山鳥の姿が結びつけば、この鳥の尾のように長い長い夜ってどんなだろうと関心を引くことができる。現代なら、山鳥がひとり寝をするなんて本当だろうか、と山に入って観察する人も出て来るかも知れない。

歌というものは、意味だけ伝わっても、人の心を動かさなければ、ちっとも面白くないのである。この歌が二人の天皇の歌に続いて百人一首の三番目に撰ばれたのも、山鳥のイメージの魅力ゆえであり、持統天皇に宮廷歌人として仕えて、のちに歌の聖《ひじり》と呼ばれた古代の大歌人柿本人麻呂の歌とされているからである。しかも人麻呂は三十六歌仙の一人でもある。もっともこの歌は真作ではないらしい。

正真正銘の人麻呂の歌を引いておこう。

ささの葉はみ山もさやに乱《さや》げども
吾は妹おもふ別れ来《き》ぬれば
万葉集

〈笹の葉は山いっぱいにさやさやとそよいでいるけれど、私は妻を想う。別れて来てしまったのだから〉

これは人麻呂の代表作である長歌《ちょうか》「石見《いわみ》相聞歌《そうもんか》」の反歌《はんか》（長歌に添えられる短歌）の一首である。上の句の「さ」音の頭韻が心をさわがせ、下の句の愛の詠嘆になだれ込む。これほど美しい歌を詠んでもらったら、別れても幸せかもしれない。

4　田子の浦にうち出《い》でて見れば白妙の富士の高嶺《たかね》に雪は降りつつ

山部赤人《やまべのあかひと》

〈田子の浦に出て仰ぎ見ると、白妙の衣のように、富士の高嶺に雪が降り続いている〉

新古今集

山部赤人は『万葉集』の代表的な歌人の一人で、特に景色を歌うのに優れていた。この人も三十六歌仙の一人である。この歌はもともと万葉集に収められていたのを、『新古今集』に改めて採られ、百人一首に撰ばれたものである。その点では実は持統天皇の歌と同じなのだが、この歌は万葉集では、内容が大きく違う。

田子の浦ゆうち出でて見れば真白にぞ
　富士の高嶺に雪は降りける

〈田子の浦から視界の開けたところに出て見ると、真っ白に富士の高嶺に雪が降り積もったよ〉

「田子の浦ゆ」の「ゆ」は、「〜から」あるいは「〜を通って」という意味である。つまり、富士を眺めている場所は田子の浦ではない。百人一首の「田子の浦に」ならば、当然田子の浦の沖に、船を出して眺めていることになる。また、万葉集では「真白にぞ」とストレートだが、新古今集では「白妙の」と衣に例えたレトリックを用いている。

そして、ここが重要だが、「降りける」なら過去の出来事で雪が降ったのだが、「降りつつ」だと現在進行形で雪が降っているのだ。

青い海から見る雪の降りしきる神々しい富士山、何と美しい光景だろう。百人一首を撰んだ藤原定家は新古今集の撰者の一人であり、歌の美というものを最高の水準まで極めた芸術家だった。

私は百人一首の「降りつつ」の方に慣れ親しんでいたが、改めて読み比べると、「降りける」の方が好きかも知れない。富士の高嶺にしんしんと雪が降り続いているなんて、寒がりの私には、骨まで凍りつきそうなひえびえとした感じがするからだ。

当の富士山はどう思っているだろう。富士山の神は女神であるコノハナノサクヤヒメだ。『古事記』にも登場し、桜の神とも言われている美しい女神である。ひっそりと雪が降り続いている女神の秘密の姿を人間に見られるのは、お嫌いではないだろうか。

田子の浦から見る富士山

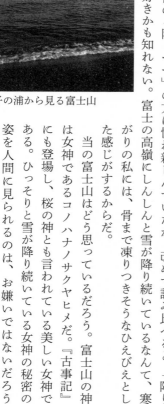

5　奥山に紅葉《もみぢ》踏み分け鳴く鹿の声聞く時ぞ秋は悲しき

猿丸大夫《さるまるだゆう》

〈奥山で紅葉がいっぱい散っている中を踏み分けて行く鹿、その鹿が妻を慕って鳴く声を聞く時、秋は本当に悲しい〉

古今集

秋は悲しいと誰が決めたわけでもないのだが、燃えるような紅葉の中を鳴きながら、鹿が妻を恋う光景は堪えがたいほど悲しい。人はそしてけものは、なぜ恋をするのか。

猿丸大夫なんておかしな名前のように思われるが、『猿丸大夫集』という個人の家集が後世にあるので、それなりに知られた歌人だったのだろう。この歌は『古今和歌集』では、詠み人知らずなのに、百人一首では猿丸大夫の名前になっているのもそのせいだ。三十六歌仙の一人に数えられるが、生涯や生没年は未詳、いわば伝説の歌人である。

ともあれ、この歌で、紅葉と妻を恋う鹿の関係は決定的になった。現代の着物の柄にも紅葉と鹿は用いられる。

ところが、面白いのは、古代の文芸の約束事では、鹿の妻は萩だとも言われていることである。動物の鹿が植物の萩と結婚するというのは、なかなか洒落た種の越境ではないか。たとえば人麻呂のこんな歌がある。

さを鹿《しか》のこころ相思《あひおも》ふ秋萩の
時雨《しぐれ》のふるに散らくし惜《を》しも　　万葉集

〈鹿と互いに恋している秋萩が時雨が降って散るのは惜しい〉

鹿の身になってみれば妻が散って悲しいのだ。

だが、百人一首の切実な鹿の声はあくまで鹿の妻に恋しているのだろう。

冬紅葉われをふみゆく少年の
さを鹿あらばわが師なるべし　水原紫苑（歌集未収録）

気がついたら私は、「物思ひ」のあまり、枝を飛び立った寂しい冬の紅葉だった。夜《よ》更《ふ》けになると、高く澄んだ声で鳴く、美しい少年の鹿がやって来た。この鹿が恋しているのはどんな妻なのだろう。問いかけたが、返事はなく、鹿は私を無残に踏みつけて彼方へ去ってしまった。

残酷でいとしい少年の鹿は、かつて「若い定家」と呼ばれて三島由紀夫に愛された、わが師春日井建だったのかも知れない。

冴えわたる秋の夜天や若鹿の
額打ちて星は降るかと思ふ　春日井建『朝の水』

6　鵲《かささぎ》の渡せる橋に置く霜の
白きを見れば夜ぞ更《ふ》けにける

中納言家持《ちゅうなごんやかもち》

〈鵲が天の川に翼を並べて掛けたという伝説の橋、そこに霜が真っ白に置いているのを見ると、夜は更けてしまったのだなあ〉　新古今集

七夕の夜に、鵲が天の川に翼を連ねて、橋を掛け、織姫を渡したという伝説があるのだが、それと冬の夜の冴え渡る空のイメージをひとつにした一首である。

とはいうものの、これは本当に大伴《おおとも》家持の歌なのか定かではない。百人一首では、天智天皇を初め、持統天皇、柿本人麻呂などの歌は、実は本当にその作者が詠んだかどうかわからないのだ。しかし、代々の天皇が撰ばせた勅撰和歌集にその作者名で入っているものを採るというのが、百人一首のルールなので、私たちはそういうものだと思って楽しめばいいのだろう。

鵲の渡した天の橋に霜が置くなどという高雅で繊細な発想は、家持くらいしか思いつきそうもないのだが、また、これは宮中の階《きざはし》の比喩だともいう。平安時代に成立した家集『家持集』から『新古今集』に採られた。

三十六歌仙の一人と称《たた》えられる家持という人は大歌人ではあるが、不遇な一生を送った

人だった。古来からの武門の名家大伴家の嫡流《ちゃくりゅう》に生まれながら、新興の藤原氏に圧迫されて、あろうことか死後に官位を剝奪《はくだつ》される恥辱にまで見舞われた。のちに復位している。三島由紀夫は文武両道を唱えたが、私はこの家持こそ文のみに生きるべき人だったと思う。武門の家に生まれた宿命は変えようがないが、それを敢えて捨てる道はなかったのだろうか。

家持生涯の傑作は春愁《しゅんしゅう》三首としてよく知られているが、中でも名高い一首を記しておこう。

うらうらに照れる春日《はるひ》に雲雀《ひばり》あがり
情《こころ》悲しも独《ひと》しおもへば　　万葉集

〈うららかに照る日に雲雀があがって行く、ああだが私の心は悲しい、一人孤独な物思いにふければ〉

家持さん、あなたの悲しみ、あなたの「物思ひ」はいったい何だったのですか。雲雀は生きる喜びそのもののように、まっすぐに春の空にあがって行くというのに。ねえ、生きるってなぜ悲しいのでしょうか？

家持はゆっくりとこちらを向いた。逞《たくま》しい武人の体つきだった。

「悲しみなさい、悲しみなさい、それがいつか幸せへの橋となるのです」

では、あなたは幸せだったのですかと呟《つぶや》いたとき、彼はもういなかった。

7　天の原ふりさけ見れば春日《かすが》なる
三笠《みかさ》の山に出でし月かも

阿倍仲麻呂《あべのなかまろ》

古今集

〈天の原をはるかにふり仰ぐと月が見える。この月は、かつてふるさとの春日（奈良）の三笠の山で見たのと同じ月なのだろうなあ〉

阿倍仲麻呂（七〇一～七七〇）は、遣唐留学生として十代後半に唐に渡り、難関中の難関である唐の国家試験を通って政府高官となった。玄宗《げんそう》皇帝に仕え、詩人李白《りはく》とも親交があった。帰国の途中、難破して唐に戻り、在唐五十余年、帰らぬままに没した。

一首は、唐に仕えていた仲麻呂が、七五三年頃遣唐使藤原清河《ふじわらのきよかわ》に従って帰国しようとした際、人々が送別の宴を催してくれた折りのものである。

私は昔、この歌を誤読していた。今ふり仰ぐ月は三笠の山に出た月なのか、という同時の出来事として読んでいたのである。しかし、「出でし」の「し」は明らかに過去の助動詞だから、ここには時の隔たりがあるのだ。

しかし、それでも私には、仲麻呂の望郷の心が今一つわからないのである。当時の唐といえば世界最高級の文明国である。そこで皇帝に仕え、天才詩人李白とも交わり、おそらく現地に妻子もあったであろう。この上ない幸せの日々ではないか。そのまま唐の人として華々しい一生を送った方が幸せではないのか。

少なくとも私が仲麻呂ほどの力量に恵まれていたら、そうしたに違いないと思うのだが、私は間違っているのだろうか。

仲麻呂は私のような浅薄《せんぱく》な人間ではなかった。何としてもふるさとの土を踏みたいと念じたが、無情な風に吹き返されてしまった。

仲麻呂とは逆の例として鑑真和上《がんじんわじょう》がある。異国の日本に仏教を伝えようとして、幾たびも難破し、ついには盲目の身となりながら、来日され、唐招提寺《とうしょうだいじ》を開かれた。そのために救われた者は数知れないだろう。

人間と国というものの関係は複雑である。

ある夜のことだった。まわりを見渡すと私は唐の国にいた。妻と優しい営みを交わして眠りに就こうとした時だった。妻はもう、桃の花のような唇を薄く開けて眠っていた。

召使いが閉め忘れたらしい窓から、不意に月の光が入って来た。遠い昔の三笠の山の月と変わらない玲瓏《れいろう》たる光だ。ああ、私は誰なのか。どこの国の人間なのか。滂沱《ぼうだ》の涙が流れたのである。

おのずから一首が生まれた。

8　わが庵《いほ》は都のたつみしかぞ住む　世をうぢ山と人はいふなり

喜《き》撰《せん》法師

〈私の庵《いおり》は都の東南にあって、こんなふうにのんびり暮らしている。それなのに世間では、世を憂《う》し、憂鬱と思う宇治山だと噂するそうだよ〉　古今集

「憂し」と「宇治」の掛詞は古来使われるが、ここでは特に深い理由もないようだ。ただ、宇治に住んでいたということらしい。

喜撰法師は『古今集』の「仮名序」という序文に出て来る前代の六歌仙の一人で、僧正《そうじょう》遍昭《へんじょう》、小野小町《おののこまち》、在原業平《ありわらのなりひら》、文屋康秀《ふんやのやすひで》、大伴黒主《おおとものくろぬし》と並び称されている。しかし、知られているのはこの一首だけで、生涯も未詳である。

なぜ古今集の「仮名序」を書いた紀貫之《きのつらゆき》は、喜撰法師を六歌仙に入れたのだろう。深刻ぶらない洒落た味わいを評価したのだろうか。

百人一首に定家がこれを入れたのは、大先輩の紀貫之への敬意に加えて、「世をうぢ山と人はいふなり」の、憂鬱な人なんて言われちゃってねえという、韜晦《とうかい》（本心などを包み隠すこと）の面白さを良しとしたのであろう。

歌の面白さというのはこういうところで、冴え返るような美意識の家持の歌や、人間の

切実な真情を表白した仲麻呂の歌はたしかに素晴らしいが、そうした繊細あるいは重厚な歌だけが良いわけではないのだ。

喜撰法師の歌には洒落味があり、一度聞いたら忘れられないリズムの快感がある。定家自身は深遠な歌の大家だったが、歌の読み手としては幅広く面白い歌も愛したのではないだろうか。特に百人一首は晩年の仕事であり、美の探求者という自身の宿命からもひととき逃れて遊びたかったのかも知れない。

話は逸れるが、『六歌仙』は、五人の男が小町を口説くという華やかな歌舞伎舞踊に仕立てられており、とりわけ『喜撰』は踊り手の腕が問われる大曲である。七代目坂東三津《ばんどうみつ》五郎《ごろう》の『喜撰』が傑作であったとされ、近年惜しくも早世した十代目も良かった。『喜撰』では小町の代わりに祇園の茶汲み女のお梶《かじ》が登場する。喜撰は法師の身ながらお梶を口説こうとしているところへ、「お師匠様」と大勢の弟子たちが止めに来てしまう結末である。

これを見ていると、「世をうぢ山と人はいふなり」という下の句の深い含蓄がわかるような気がする。

楽しく生きようとすると、邪魔が入るものなのだよ、人生は。

9　花の色は移りにけりないたづらに
わが身世にふるながめせし間に

小野小町《おののこまち》

〈花の色はうつろってしまったのね、長雨が降り続く間に。空しいまま、私の容色がもの思いに耽っているうちに衰えてしまったように〉

古今集

ついに小野小町である。私はこの歌が大好きだ。小町が天下の美女という不滅の名声を得ることになった一首である。「ながめ」に長雨と「物思ひ」の二つの意味が掛詞になっている。空しくうつろった花と自分が、両方にかかる「いたづらに」で結ばれて、花のような美女の嘆きが完成する。

しかし、小町は本当に美しかったのだろうか。平安初期の歌人であることはわかっており、六歌仙にも三十六歌仙にも数えられているが、生没年はもちろん、その生涯は未詳である。仁明《にんみょう》天皇の更衣《こうい》だったという説もあるが、確かではない。

だが、『古今集』に収められている小町の他の歌を読むと、小町の生きた日々らしきものは見えて来る。

思ひつつ寝《ぬ》ればや人の見えつらむ

夢と知りせば覚めざらましを

〈あの人を思って寝たから姿が見えたのでしょう、夢と知っていたら覚めずにいたのに〉

うたたねに恋しき人を見てしより

夢てふものはたのみそめてき

〈うたたねの夢に恋しい人を見てからというもの、夢というものは頼りにしているわ〉

どちらも夢の中でしか逢えない恋人に焦がれる苦しい恋心である。絶世の美女に冷たい仕打ちをする男はどんな人物だろう。そこから、なかなか逢えない高貴な人、すなわち天皇ではないかという推測も生まれたのだが、考えてみれば美女だから恋人に愛されるというものでもあるまい。また、美女でなくともわが身を花にたとえたい人生の春もある。

ここでいったん小町美女説から自由になってみよう。定家は、女に成り代わって歌を詠むことの名手だった。女の心にも通じていたに違いない。自分を衰えかけた花にたとえる、女の屈折したナルシシズムもよく理解できただろう。

しかも定家は小町を、「余情妖艶《よじょうようえん》」という自身の美意識に叶う歌人として『近代秀歌』で高く評価しているのだ。

百人一首の撰歌《せんか》で憂愁の美女のイメージを作り出すことが、定家の創作意欲をそそったのではないか。計画は見事に図に当たり、能や歌舞伎に至るまで、美女小町は千年のアイコンとなった。小町とは、実は定家の夢なのかも知れない。

10 これやこの行くも帰るも別れては
知るも知らぬも逢坂《あふさか》の関

蟬丸《せみまる》

〈これが名高い、京から東国に行く人も都に帰る人も、そして知っている人も知らない人も互いに別れては逢うという逢坂の関なのか〉　後撰集

「逢坂の関」は、近江《おうみ》と山城《やましろ》の間の逢坂山にあった。「逢ふ」という言葉が掛けられている。古語の「逢ふ」とは、単に会うだけでなく、恋人同士が契りを交わすことでもあった。だから、この歌は、ただ人々が行き交う関の情景から、妖しくエロティックな匂いを醸《かも》し出している不思議な一首なのである。但《ただ》し、『後撰和歌集』では、「これやこの行くも帰るも別れつつ知るも知らぬもあふさかの関」となっている。この方が説明的で、百人一首のヴァージョンがより流麗でいいと思う。

蟬丸は平安時代の人で、逢坂山に庵があり、琵琶の名手であったというが、詳しいことはわからない。この歌のために逢坂の関の明神として祀《まつ》られている。勅撰集には他に三首が採られている。

中世の能には『蟬丸』があり、ツレ（準主役）蟬丸はここでは醍醐《だいご》天皇の皇子になっている。だが、盲目ゆえに逢坂山に捨てられるという悲惨な運命である。博雅《はくが》の三位《さんみ》という

貴族が蟬丸のために藁屋《わらや》をしつらえた。そこにこの能のシテ（主役）である蟬丸の姉逆髪《さかがみ》が登場する。逆髪もまた、皇女の身でありながら、髪が逆立つ病で狂乱して、都からここまでさすらって来たのだった。琵琶の音を聴いた逆髪は蟬丸がいるのを知り、不幸な姉弟は再会を喜び合う。

だが、逆髪はまた天性のままに放浪に向かい、蟬丸は孤独に沈むのである。

作者は世阿弥《ぜあみ》とも言われるが、なぜこれほど暗い運命が、皇女と皇子に負わされているのかはわからない。戦争中は、皇室に不敬であるとして、上演を禁じられていた曲である。「これやこの」一首からこのドラマが創造されたのなら、やはり作者は天才世阿弥かも知れないという気がする。

行く人も帰る人も、知っている人も知らない人も、所詮人間は、別れては逢う哀しい生きものなのだ。人生のどんな場面もみな、逢坂の関なのである。私たちは二度と帰らない瞬間を生きて、逢って別れて、想い合ったり、忘れてしまったりする。蟬丸は、凄い！

ある日私の髪が逆立ったら、私は家を飛び出して、逢坂山までさすらって行くだろう。逢いたい。逢いたい。一体、誰に？　私は皇女ではない。私に弟はいない。私を知る人は誰もいない。

ああ、でも、だからこそ、私だけの蟬丸に逢えるように、琵琶の音を聴かせて。

11 わたの原八十島《やそしま》かけて漕ぎ出でぬと 人には告げよ海人《あま》の釣舟

参議《さんぎ》篁《たかむら》

〈大海の多くの島々に向かって舟を漕ぎ出して行った、と都の親しい人々に伝えておくれ、漁師の釣り舟よ〉

古今集

小野篁《おののたかむら》の歌である。篁は遣唐使の副使に任ぜられたが、正使の船が故障したので、船を替われと言われて抵抗した。病気と母の世話を理由に乗船を拒否した上、遣唐使批判の漢詩を作ったので、嵯峨上皇の怒りにふれて隠岐《おき》に流された。その折りの悲痛な一首。だが、篁は、漢詩文や和歌に優れた卓越した人材だったので、嵯峨上皇はまた都に呼び返し、最後には参議にまで上った。

「わたの原八十島かけて漕ぎ出でぬと」という、大海原の景が眼前に浮かぶような、スケールの大きい上の句が大好きだ。もうこれで一生、都の土は踏めないという覚悟がにじみ出た凄味がある。「人には告げよ海人の釣舟」と別れを告げる下の句も胸に沁みる。

隠岐といえば、定家は当然、承久の乱で隠岐に流された後鳥羽院を想っただろう。

この篁は不思議な人物で、さまざまな伝説がある。

『篁物語』というものがあって、そこでは篁は、異母妹と恋に落ちたことになっている。

妹は妊娠するが、継母はこの恋を許さず、絶望した妹は悶死してしまう。

泣く涙雨と降らなむ渡り川

水まさりなば帰りくるがに

古今集

〈私の泣く涙が雨となって降ってほしい、そうしたら三途の川の水が増して、渡れないあなたが帰って来るだろう〉

この歌は別の女性を歌ったという説もあるが、詞書《ことばがき》のとおり妹を慕う歌だとすると、何とも凄艶《せいえん》である。

また、篁が地獄の冥官《みょうかん》（閻魔庁《えんまのちょう》の役人）として閻魔大王に仕えていたという話もある。昼は現世の朝廷に仕え、夜は地獄での勤務に励んでいたというわけである。実際、地獄で篁に助けられて蘇生したという貴族もいるのだ。京都東山区の六道珍皇寺《ろくどうちんこうじ》に小野篁の像が祀られ、この寺の井戸から篁は冥界に出入りしていたという。

こんなに奇怪な伝説が流布するのも、篁が反骨精神豊かで、人柄や才能が時代から突出していたためだろう。

死んだ女性への想いは絶えないだろうから、恋人にはなりたくないが、友人にはぜひなってみたい。そして時折一緒に地獄に連れて行ってもらえたら、本当の地獄の歌が書けるかも知れないなどと思ってしまうのも、歌人の業の深さであろうか。

12　天《あま》つ風《かぜ》雲の通《かよ》ひ路《ぢ》吹き閉ぢよ
をとめの姿しばしとどめむ

僧《そう》正《じょう》遍《へん》昭《じょう》

〈空の風よ、雲がやって来る道を吹き閉じておくれ、天女たちの姿を今しばしとどめておきたいから〉

古今集

五節《ごせち》の舞姫を天女に見立てて歌った、明るい機知に富んだ一首である。五節の舞姫というのは、宮中で新嘗祭《にいなめさい》や大嘗祭《だいじょうさい》の豊明節会《とよのあかりのせちえ》という行事の時に舞を舞う女性たちである。天武天皇の吉野行幸の折りに、天女が降《くだ》って五度袖を翻《ひるがえ》した故事によるというから、天女に見立てるのは起源に還ったとも言える。

美しい五節の舞姫は、貴族たちにとっては胸をときめかせる対象であったらしい。『源氏物語』でも、光源氏や息子の夕霧が五節の舞姫と恋をして、歌などを交わしているし、夕霧はのちに妻の一人とまでしている。

これは遍昭が宮中に仕えていた若い日の思い出なのだろう。僧正遍昭は前に述べた六歌仙の一人で、三十六歌仙にも入っている。俗名は良岑宗貞《よしみねのむねさだ》、仁明天皇の蔵人頭《くろうどのとう》だったが、天皇の死に際して出家した。

しかし、なかなか粋なお坊さんで、小町と色っぽい歌のやりとりを交わしている。小町が石上寺《いそのかみでら》に詣でて、夜になったので、この寺に旧知の遍昭がいると聞いて歌を詠みかけたのだ（『後撰集』）。

岩の上に旅寝をすればいと寒し　苔《こけ》の衣をわれにかさなむ

〈ここは石上、その名の岩の上に旅寝をするのは寒くてたまりません。あなたのお坊さんの衣を私に貸して〉

世をそむく苔の衣はただ一重　かさねばうとしいざ二人寝む

〈浮世を背く仏の衣はただ一重なのです。でも、貸さないのは薄情というもの、一緒に衣を掛けて二人で寝ましょう〉

もちろん互いに戯れの歌だが、出家の身で「いざ二人寝む」の答えは心憎い。

そのせいもあってか、歌舞伎の『積恋雪関扉《つもるこひゆきのせきのと》』では、宗貞という出家前の姿で登場し、二枚目で小町と恋仲になっている。もっとも天皇の死や、やはり六歌仙の一人大伴黒主の陰謀で、恋は遂げられず、小町は涙を飲んで別れて行く。五節の舞姫に憧れるように、いつも真実の恋の一歩手前で、恋に恋する夢見がちなお坊さんというイメージだが、本当に二人で寝てくれるだろうか、私が冗談の通じない小町だったとしたら。

13　筑波嶺《つくばね》の峰より落つるみなの川
恋ぞ積もりて淵《ふち》となりぬる

陽成院《ようぜいいん》

〈筑波山の峰から落ちる男女川《みなのがわ》が流れと共に水かさが増すように、私のあなたへの恋心も積もり積もって、深い淵になってしまいました〉　後撰集

恋の歌ではあるが、尋常一様ではない。上の句に凄い勢いがある上、「恋ぞ積もりて淵となりぬる」とまで言われたら、その淵、すなわち川の流れのよどんで深い所に落ちて死んでしまいそうで恐ろしくなる。しかも川の名が象徴的な男女川である。

作者陽成院（八六八〜九四九）は清和《せいわ》天皇の皇子で、母は、在原業平《ありわらのなりひら》の恋人だったという藤原高子《たかいこ》である。わずか九歳で五十七代天皇となったが、狂気の噂があり、宮中で不祥事が起きたことが引き金になって、十七歳の若さで譲位せざるを得なくなった。

母の兄藤原基経《もとつね》に追われたような形であり、基経はあとに五十五歳という高齢の光孝《こうこう》天皇を即位させた。基経と高子兄妹の不和が、その子の陽成天皇に飛び火した面もある。

もともと、『伊勢物語』などから推測すれば、業平と高子の仲を引き裂いて、高子を清和天皇に入内《じゅだい》させたのは兄の基経であり、高子は基経に恨みを抱いていたと見るのもおかしくないだろう。

陽成院は長寿を保ち、晩年は和歌を楽しんだが、惜しいことに勅撰集に残されているのは、この一首だけだ。

『後撰集』では「淵となりける」だが、これは詠嘆で、「ああ、なったのだなあ」という意味である。一方、百人一首の「淵となりぬる」だと、完了の意味で、今現在も恋の淵が水を満々と湛《たた》えている情景が浮かんで来て異常な迫力がある。

定家が採った時点では「なりける」であり、時を経てだんだんに変わって行ったようだ。私は断然「なりぬる」がいいと思う。

そしておそらく陽成院が持っていたと言われる一種の狂気が、芸術の創作においては、常人の考え及ばないような想像力をもたらしたのだろう。

さて、この歌は、妃の一人であった、光孝天皇皇女、釣殿宮《つりどののみや》綏子《すいし》内親王に当てたものである。よりによって、光孝天皇皇女への歌というのも、何か因縁を感じさせるが、陽成院は譲位の経緯は別として、綏子をこれほど深く愛していたのだろうか。

どんな女性であったのだろう。この一首をどう受け止めたのか知りたいところだ。

私がこんな歌をもらったら？　きっと宇宙の果てまで逃げて行く。

あなたが殺したいほど好きです、と私には読めるからだ。

14 陸奥《みちのく》のしのぶもぢずりたれゆゑに
乱れそめにしわれならなくに

河原左大臣《かわらのさだいじん》

〈みちのくのしのぶもじずりの乱れ模様のように私の心は乱れていますが、これは他の誰ゆえでもない、あなたのために乱れそめた私なのですよ〉　古今集

「陸奥のしのぶもぢずり」は「乱れ」を引き出す序詞《じょことば》である。陸奥国信夫郡《むつのくにしのぶ》（福島県）の特産品の乱れ模様に摺《す》った布のことだ。「そめ（初め）」は、「染め」にかけた布の縁語である。

都の人々にとっては異郷の匂いのする新鮮な陸奥の布を小道具に用いて、恋ゆえの乱れ心を巧みに詠んだ。調べも流れるようで覚えやすい。女から心変わりの疑いを受けて弁明した一首らしいが、効果てきめんだろう。

作者河原左大臣とは、嵯峨天皇の皇子で臣籍に降った源融《みなもとのとおる》（八二二〜八九五）である。光源氏のモデルとも言われる。都の六条に豪壮な邸宅を営み、河原の院と呼ばれた。皇位にも仄《ほの》かな望みを持っていたという。

融と言えば、世阿弥の傑作『融《とおる》』で、能の世界ではよく知られている。

東国の僧が都六条河原の院の廃墟に着くと、場所柄に似合わない汐汲みの老人が、ここ

は源融の邸宅の跡で、かつて陸奥・出羽《でわ》の按察使《あぜち》であった融が、歌枕として知られる陸奥の塩竈《しおがま》を模して作ったものだと説明する。海水を汲んで塩を作る、それゆえの汐汲みなのだ。この老人こそ融の霊であった。

後場《のちば》では、いにしえの河原左大臣が美麗な出で立ちで出現し、月光を浴びながら懐旧の舞を舞う。やがて夜が明け、融の霊は月の都へ帰って行くのだった。

私は今の四代梅若実《うめわかみのる》師のお若い頃に名人藤田大五郎師の笛でこの能が舞われるのを見たが、本当に舞台に凄絶《せいぜつ》な月光がきらめいていた。

融は実際には陸奥には赴任していないと言われるが、都に作った風雅な「陸奥」は融の生涯の栄華の絶頂を象徴していたのだ。それを知った現代から振り返ると、「陸奥のしのぶもぢずり」一首は、一人の女性に当てた歌というより、みちのくという異郷そのものに対するはるかな恋の歌とも読めるのではないだろうか。

みちのくのしのぶもぢずり誰ゆゑに
わが産土を捨てねばならぬ　本田一弘『あらがね』

一方、これはみちのくの福島に生きる現代歌人の本歌取りである。原発事故によって汚染された郷土を想い、東京という現代の「都」の人々への怒りをうたっている。この声にいかに答えるべきか。融にも聞いてみたい。

15　君がため春の野に出でて若菜摘む
わが衣手に雪は降りつつ

光孝《こうこう》天皇

〈あなたに差し上げるために、春の野に立ち出て若菜を摘んでいる私の衣の袖に、雪が降りかかります〉

古今集

清新な春らしい一首である。「若菜」は春の初めに萌え出て来る食用の草で、若菜摘みは初春の行事だった。

『源氏物語』のその名も「若菜」の上の巻で、光源氏の養女玉鬘《たまかずら》が、源氏の四十《しじゅう》の賀《が》を祝うために、子どもたちと若菜を持って来る場面がある。若菜摘みは、自然のみずみずしい生命力を身に取り入れるための行事だったのだろう。

しかし『古今集』詞書によると、この一首は、親王時代の光孝天皇（八三〇〜八八七）が、文字通り、食物としての若菜を知人に贈る折りに手紙代わりに添えられたというから、かしこまった行事ではない。若菜は贈られた家のその日の食卓に上っただろう。それでこそ、降る雪をものともせず、親王自身が野に出て摘んだ甲斐があるというものである。

私は子どもの頃、この「君」は恋人だと信じていた。愛する人に捧げるために、雪の中で若菜を摘む貴公子、ああ、何と美しいのだろう。だが、実際は、心優しい中年の親王が実用のために若菜を摘んでいる光景だったのである。

何となくがっかりするが、それでは光孝天皇に失礼というものだろう。

陽成院のところでもふれたが、まさか天皇になるとは夢にも思っていなかった仁明天皇皇子時康《ときやす》親王は、ひどく貧乏であったらしい。自身で炊事をしていたとか、天皇になると借金取りが追いかけて来たなどの虚実いろいろの逸話がある。

しかし、この光孝天皇は清廉潔白で、大変立派な人だったようである。自分の子孫を皇位に即《つ》けまいとして、子どもたちを全部臣籍に降下させた。だが、藤原基経が妹の高子との確執から、高子の生んだ親王を立太子させずにいるうち、光孝天皇が病に倒れたので、その子、源定省《さだみ》を親王に戻して皇太子とした。天皇は亡くなり、皇太子はそのまま、のちの宇多《うだ》天皇となった。

宇多天皇、醍醐天皇という後世に名を残す寛平《かんぴょう》・延喜《えんぎ》の治《ち》の元がこの光孝天皇にあると考えると歴史は不思議である。光孝天皇は優れた文化人でもあって、宮中行事の復興などに力を尽くした。

若菜をもらうなら、若く美しい貴公子と光孝天皇と、あなたはどちらがうれしいだろう。私は絶対貴公子派だが、光孝天皇の豊かな人間性も捨てがたいと、少しずつ思うようになって来た。でも来て、貴公子!

16　立ち別れいなばの山の峰に生《お》ふる
まつとし聞かば今帰り来《こ》む

中納言行平《ゆきひら》

〈お別れして因幡国《いなばのくに》に行きますが、その因幡の稲羽山《いなばやま》の峰に生えている松のように、私を待つと聞いたらすぐにも帰って来ましょう〉　古今集

「いなば」に「往《い》なば」（行ってしまったら）と「稲羽」を掛け、「まつ」に「松」と「待つ」とが掛けてある。『古今集』の離別の部に収められており、因幡国に国司として赴任する際に、送って来た人々に詠んだという。

作者在原《ありわらの》行平（八一八〜八九三）は阿保《あぼ》親王の子で、美男で知られる在原業平の兄である。そう思っただけで、みやびやかな風姿が想像される。

私はこの歌は能『松風』で馴染んでいて大好きだ。『松風』では、行平のもう一首の歌も鍵になる。

わくらばに問ふ人あらば須磨《すま》の浦に
　藻塩《もしほ》垂れつつわぶとこたへよ

〈たまたまにでも私の消息を尋ねてくれる人があったら、須磨の浦で、藻に汐をかけて垂れる水のように、涙を流して寂しく暮らしていると答えてください〉

行平は須磨の浦に流謫《るたく》されていた時代があったらしく、『源氏物語』「須磨」の巻のモデルにもなっている。

能では優雅な都人行平が、須磨の浦で、松風と村雨という海女の姉妹を愛してしまうのである。そして自分の罪が許されると「立ち別れ」の一首を姉妹に与えて都に帰ってしまう。残酷な話である。

置き去りにされた松風と村雨が、旅の僧の前に亡霊となって登場する。姉妹の性格は対照的で、姉の松風は恋の狂気を、妹の村雨は理性を代表している。

松風は歌の通り、いつか行平が帰って来てくれると信じてやまない。そして、恋しい人の形見の衣を身につけると、魂が憑依《ひょうい》し、松を見て、あれは行平だと叫ぶ。いいえお姉さん、あれは松ですと妹が言うと、行平様のお歌を忘れたの、すぐにも帰って来るとおっしゃったじゃないのと姉は言い募り、高揚して恋慕の舞を舞う。

恋の狂気の爆発である。だが、それも夜明けとなれば影も形もなく、ただ松風だけが吹いているのだった。

私は松風のタイプだが、狂うことのできない村雨こそ実は心底、傷ついているのかも知れない。

もちろん行平のあずかり知らぬ後世の創作ではあるが、何とも罪深い一首なのだ。

17 ちはやぶる神代も聞かず龍田川
からくれなゐに水くくるとは

在原業平朝臣《ありわらのなりひらあそん》

〈神々の時代にだって聞いたことがない、龍田川に紅葉がいっぱいで、水を赤くくくり染めにしてしまうなんて〉

古今集

兄行平に続いて、日本文学史上最大のスター在原業平（八二五～八八〇）の登場である。美貌と歌の天才においては及ぶ者がいない。六歌仙の一人であり、三十六歌仙にも入っている。

これも奇想天外な宇宙的スケールの一首だ。自然の川と紅葉をこんなふうに歌おうとは、まず他の誰も思いつくまい。

「くくり染め」とは「括《くく》り染め」で今も行われている絞りの技法である。布を糸で括って染料に浸すと、括ったところだけが白く残って模様になるのだ。

いっぱいの紅葉が浮かんだ川の景色が絞り染めのようだという。龍田川の屏風絵《びょうぶえ》を見て詠んだと詞書にあるが、どうしてそんな発想が出て来るのか。しかし、うたわれてみると、もうそうしか思われないから、歌の力は不思議である。

業平は阿保親王と伊都内親王《いとないしんのう》の子で、平城《へいぜい》天皇と桓武《かんむ》天皇の孫である。大変な貴種なのだ。だが、藤原氏の権力に圧《お》されて政治的には不遇だった。

『伊勢物語』の主人公といわれるが、本当のところはわからない。しかし、後に清和天皇の后《きさき》となる「二条の后」藤原高子《たかいこ》との恋や、その恋に破れて東下《あずまくだ》りをしたことは、あながち絵空事とも思われないので、私は信じたいと思う。

名歌はあまりにも多いが、『古今集』から一首だけ挙げておこう。

月やあらぬ春や昔の春ならぬ
我が身ひとつはもとの身にして

これは実は読みが二つある。

〈月は昔の月ではないのか、春は昔の春ではないのか、私一人がもとの身のまま孤独だ〉

月も春も自分一人を残して、変わってしまったという嘆きである。

もうひとつは「月や」「春や」の「や」を疑問ではなく反語に取る読みだ。

〈月は昔の月ではないのか、いや昔のままだ、春は昔の春ではないのか、いや昔のままだ、それなのになぜ私一人が取り残されているのか〉

藤原高子との恋を引き裂かれて孤独に堪えかねる魂の叫びと想像される。調べの大きさと心の揺れの狂おしさが尋常ではない。

業平が染めてくれた龍田川の衣裳を身にまとって、不埒《ふらち》な恋がしてみたい。

18　住《すみ》の江《え》の岸に寄る波よるさへや
夢の通ひ路人目よくらむ

藤原敏行《としゆき》朝臣

〈住の江の岸に波が寄る、そのよるでさえ、夢の中でも、あなたはどうして人目を避けて、私のもとにいらしてくださらないのですか〉　古今集

住の江は今の大阪の住吉大社のそばの浦である。「住の江の岸に寄る波」が同音の「よる」を引き出すための序詞になっている。

女性に成り代わって、つれない恋人を責める一首である。王朝和歌では成り代わって詠むということがしばしば行われた。男性が女性に成り代わって詠むことが多かった。両性具有という感覚だったのかも知れない。

一首の魅力は、「岸に寄る波よるさへや」という、波にたゆたうようなリズムにある。無意識に訴えかけて来るような調べの力だ。口ずさんでいると、夜の不思議な世界に引き込まれてしまいそうである。白い波が果てしなく寄る夜の世界に、女が一人、恋人の訪れを待って眠らずにいる、そんな情景が浮かんで来る。

作者藤原敏行は生年不詳、九〇一年没。三十六歌仙の一人。

書にも非常に優れており、空海と並び称されるほどであった。多くの人から法華経の書

写を求められて、魚を食べるなど不浄の身のまま書いたので、地獄に堕ちて苦しんだという。これは何となく気の毒な話であるが、やはり、精進潔斎して清らかな身で書かなければ、却って仏罰が下るということらしい。

敏行にはよく知られた次の一首がある。

秋来《き》ぬと目にはさやかに見えねども
風の音にぞおどろかれぬる　古今集

〈秋が来たと目にははっきり見えないけれども、風の音にはっとさせられる〉

鋭い感覚である。秋が来たということは、身のまわりの景色を眺めてもすぐにわかるわけではない。しかし、風の音を聴くと、夏とは明らかに違う、ひんやりと芯のある風の響きなのだ。思わず「秋が来た」と目を覚まされる。「おどろく」には目を覚ますという意味もあり、ここは現代語の「おどろく」と両方の意味が込められていると読んでもいいだろう。

さて、「住の江」の歌の架空の男女はいったいどうなるだろう。男は自分の無情を悔いて通って来るようになるか。私が男なら、何やら神秘的な夜の世界の歌をもらって、女の独特なパーソナリティに興味を持ち、早速訪ねて行きそうな気がするのだが。夜通し語り明かして、そのまま帰って来るかも知れないが。

19　難波潟《なにはがた》みじかき蘆《あし》のふしの間《ま》も
逢はでこのよをすぐしてよとや

伊勢《いせ》

新古今集

〈難波潟の蘆の、節と節との間のような、ほんの短い時でさえ、逢わずにこの二人の仲を過ごせとおっしゃるのですか〉

難波潟は大阪湾の一部である。蘆がいっぱい生えていた。「よ」は「世」で男女の仲を示すが、節と節の間を「よ」というので、蘆の縁語で掛詞になっている。

短い時間でさえ逢ってくれない恋人に、優雅に、しかし切実に抗議している一首である。「逢はでこのよをすぐしてよとや」という下の句が流麗で、怨みを込めながら美しい。

伊勢は生没年不詳。『古今集』を代表する女性歌人である。三十六歌仙の一人でもある。伊勢の御《ご》、伊勢の御息所《みやすんどころ》とも呼ばれた。

初めは宇多天皇の女御《にょうご》藤原温子《おんし》に女房として仕え、藤原仲平《なかひら》・時平《ときひら》兄弟を恋人としたが、やがて宇多天皇の寵愛《ちょうあい》を受け皇子を生む。この皇子は早世した。そののち、宇多天皇の皇子敦慶《あつよし》親王と結ばれて、後に三十六歌仙の一人として母と並び称せられる中務《なかつかさ》を生む。

次々と高貴な人物に愛されて、当時の恋愛観においては幸福な運命の人であったと言えるだろう。それもそのはずで、情熱的でありながら聡明で優しい人柄が歌からもうかがわれる。

年をへて花の鏡となる水は
散りかかるをや曇るといふらむ
古今集

〈歳月を重ねて花影を鏡のように映している水は、花が散りかかるのを、鏡が曇るというのでしょう〉

水に年月を経た大木の桜が映っている情景を、鏡に見立てた。初句の「年をへて」に味わいがあり、人生の長さを重ねて読むと、「水」とは自分自身の心の比喩のように感じられる。花が散りかかると、成熟して澄んだ心が曇るのである。

見る人もなき山里の桜花
ほかの散りなむのちぞ咲かまし
古今集

〈見る人もいない山里の桜花よ、ほかの桜が散ってから咲くとよいのに〉

人目にふれない山里の桜に、当時の都人の立場から思いを寄せている。ほかの花が散って、注目される時に咲きなさい、というのだ。

思いやりがあって考え深い、この人柄ならば、誰しも愛するだろう。

それなのに、こんな素敵な伊勢と、短い時間でさえ逢おうとしなかった罰当たりな男がいたのである。許せない。

20 わびぬれば今はた同じ難波なる みをつくしても逢はむとぞ思ふ

元良《もとよし》親王

〈こんなに恋に苦しんでいるのですから、もう身を滅ぼしたも同じです、あの難波の澪標《みおつくし》のように身を尽くしてもお逢いしたいと思います〉

後撰集

宇多院の妃、京極御息所《きょうごくのみやすんどころ》藤原褒子《ほうし》との恋が世に知られてから、絶望の中で御息所に贈った歌である。『源氏物語』や『狭衣物語』に引かれるほど愛された。「みをつくし」とは航路を示す杭で、難波に多かった。歌では「身を尽くし」に掛けて用いられる。

作者元良親王（八九〇〜九四三）は陽成院の一の皇子で、父帝が退位したのちに生まれている。好色風流の貴公子として知られ、『大和物語』『今昔物語集』に逸話が残っている。死後に『元良親王集』が編まれ、そこにも数多《あまた》の恋の歌が収められている。中でも京極御息所との恋は大事件だった。京極御息所は宇多院の愛妃であったし、絶世の美女として知られていた。その美貌は、九十歳の高僧、志賀寺上人《しがでらしょうにん》を恋に狂わせたほどであった。色好みの元良親王が惹かれたのも当然であろう。

そもそも元良親王は陽成院の一の皇子であるから、世が世なら皇位に即《つ》いていたことであろう。一方、宇多院は、光孝天皇の皇子で、いったん臣籍降下した身が親王に復して天皇となったという経緯がある。

いわば、京極御息所さえ、元良親王が帝となっていれば、妃の一人であったかも知れないのである。

そう思うと、身の破滅を覚悟しながら開き直っている元良親王の心情もわからなくはない。父陽成院から二代かけての怨みを宇多院にぶつけていると取れなくもないからである。

もっとも、元良親王自身は父陽成院の鬱屈した狂気は受け継がなかったようである。好色の血も父のものではなく、むしろ祖母である藤原高子の遺伝なのかも知れない。『伊勢物語』のヒロインのモデルとされる高子は、五十五歳で僧との密通を疑われて、皇太后の位を剥奪されたのだ。現代の私たちなら普通にあり得る話だが、皇太后という高い身分ゆえにスキャンダルになった。

「みをつくしても逢はむとぞ思ふ」恋の行方だが、元良親王は謹慎しただけで、身の破滅にはならなかった。京極御息所もそのまま宇多院に愛され続けた。

力が抜けるような結末だが、人生はそんなものかも知れない。悲劇性に満ちたこの一首が、百人一首に採られたことだけは良かったと言えるだろう。

21　今来《こ》むといひしばかりに長月の有明の月を待ち出でつるかな

素性《そせい》法師

〈今すぐ行きます、と言われたばかりに、九月の長い夜の有明の月が出るまで待つことになってしまいましたよ〉　古今集

「有明の月」は、旧暦十六日以降、月の出も入りも遅く、夜が明けても空に残っている月のこと。

古典和歌の世界では、待つのは常に女である。女性に成り代わって詠んだ一首。僧侶の身で恋の歌を詠むのも、当時の風雅として普通のことだった。

思わせぶりな男の言葉に釣られて一夜待ってしまった女の怨みごとだが、「今来むといひしばかりに」の口語的表現や、「長月の有明の月を待ち出でつるかな」という、どこかのんびりしたユーモラスな結末が、この歌をゆとりのあるものにしている。

もっとも定家は、一夜待ったのではなく、幾月も待って長月に至ったのだという解釈である。その方が歌の世界には奥行きが出る。しかし、一夜待っただけの軽さも捨てがたい。

作者素性法師は生没年不詳。遍昭の子である。父と共に三十六歌仙の一人で、宮廷に近く、和歌の道で活躍した。

山の桜を見てよめる
見てのみや人にかたらむさくら花
手ごとに折りて家づとにせむ
古今集
〈見ているだけで、桜花の美しさを人に語り伝えられようか、みな手ごとに枝を折って家のみやげにしよう〉
今の感覚ではあり得ないが、当時は山の桜の枝を手折《たお》るのは、何ら悪いことではなく、むしろ風流なわざだったのである。そうして花を持ち帰り、家族と共に愛《め》でようとした。
花ざかりに京を見やりてよめる
見わたせば柳桜をこきまぜて
宮《みや》こぞ春の錦なりける
古今集
〈景色を見わたせば、柳の緑と桜の紅とを混ぜて、都は秋の錦にも劣らない春の錦が美しい〉
世阿弥の能『西行桜』に引用されるこの歌は、「柳桜をこきまぜて」という口語調と、「春の錦なりける」という、秋の紅葉の錦に対する新しい美意識で知られる。
山の桜と都の桜を軽快に詠み分けている素性法師、やはり、有明の月は一夜待っただけではないだろうか。定家は深読みという気がする。

22　吹くからに秋の草木のしをるれば
むべ山風《やまかぜ》をあらしといふらむ

文屋康秀《ふんやのやすひで》

〈吹くとそのため秋の草木がしおれるので、山風を嵐というのももっともなことだ〉

古今集

「あらし」は「嵐」と「荒し」を掛けている。漢字を分解した機知の歌だが、季節の実感がこもっている。

文屋康秀は、生没年不詳。六歌仙、中古三十六歌仙の一人である。

もっとも、『古今集』「仮名序」の紀貫之の評価は高くない。

「言葉はたくみにて、そのさま身におはず。いはば、商人《あきひと》のよき衣《きぬ》きたらんがごとし」

(言葉は巧《うま》いが、その様子が身についていない。商人が良い衣を着たようなものだ)

当時の貴族にとって、商人は卑しい存在であったから、この批評は侮蔑《ぶべつ》に近いものだ。

ここまで言われることはないと思うが、何か理由があったのだろうか。

文屋康秀は、小野小町と親しかったらしく、三河国《みかわのくに》に地方官として赴任する時に、小町を誘っている。その返事が次の歌だ。

わびぬれば身をうき草の根を絶えて

誘ふ水あらばいなむとぞ思ふ　小野小町

〈私も寂しい身で、誰も寝る相手のない根のない浮き草のような憂き日々を過ごしていますから、誘う水があれば行こうと、心だけ思いますが、行きません〉　古今集

「根」が「寝」に、「うき草」が「憂《う》き」に、そして「いなむ」が「往《い》なむ」と「否む」とに掛けてある。要するに、お気持ちはうれしいけれど、結構ですという断りの歌である。

この歌にそっくりの現代短歌を紹介しておこう。

万智ちゃんがほしいと言われ心だけついていきたい花いちもんめ　俵万智『サラダ記念日』

小町の現代版である。こう言われたら男は泣く泣く引き下がるしかない。

どこまでも三枚目の文屋康秀は、歌舞伎舞踊の『六歌仙』でもさんざんな目に遭う。遍昭、業平、喜撰、黒主と異なって、康秀だけは小町との絡みがなく、一人で、立役《たちやく》が務める恐ろしい官女たちにいじめられてほうほうの体《てい》である。

こんな扱いを受けるのも、『古今集』「仮名序」の辛辣《しんらつ》な批評が祟《たた》っているに違いない。

幸い定家が百人一首に撰んでくれて康秀も救われた。山風の歌、素直に読んであげたい。

23　月見れば千々に物こそ悲しけれ　わが身ひとつの秋にはあらねど

大江千里《おおえのちさと》

〈月を眺めていると、ありとあらゆる物思いが悲しい、私一人の秋というわけではないけれど〉　古今集

名歌である。秋の月の美しさと悲しさ、本当に誰もが思うことを簡潔に言い表している。

作者大江千里は生没年不詳、漢学者音人《おとんど》の子で、自身も大学に学んだ。漢詩句を句題として詠んだ家集『句題和歌』がある。中古三十六歌仙の一人。

この一首も、白楽天《はくらくてん》の「燕子楼中霜月の夜《えんしろうちゅうそうげつのよ》、秋来たりて只《ただ》一人の為《ため》に長《なが》し」という詩句の影響を受けたという。千と一の対照も漢詩的である。それでいて、和歌的表現の柔らかみもじゅうぶんに湛《たた》えている。

てりもせずくもりもはてぬ春の夜の
　朧月夜《おぼろづきよ》にしくものぞなき

〈月が照っているというわけでもなく、すっかり曇っているわけでもない、曖昧模糊《あいまいもこ》とした、春の夜の朧月夜ほど佳《よ》いものはない〉　新古今集

今度は春である。これも、「てりもせずくもりもはてぬ」という対句的表現が漢詩的だ。

この歌は『源氏物語』の「花宴《はなのえん》」の巻に引用されて広く知られている。宮中の花の宴で鮮やかに舞ったあと、酔いの醒めない光源氏が弘徽殿《こきでん》を窺《うかが》うと、この歌を口ずさみながらやって来る若い姫君がいたのだった。これこそ朧月夜である。だが、歌は「朧月夜に似るものぞなき」と微妙に変えられている。この一首は、「しくものぞなき」の漢語調が女には硬いと思われたのだろう。

作者の他の歌も見ておこう。

葦鶴《あしたづ》のひとりおくれて鳴くこゑは
雲の上まできこえつがなむ
古今集

〈ひとり遅れた葦鶴（水辺にいる鶴）のように、私一人身分が低く嘆く声は、雲の上までお耳に達してほしいものだ〉

官位昇進が遅いのを天皇に訴える歌である。これもまた切実な心であった。こうした歌は、実はたいていの王朝歌人にあるものだ。

「月見れば」の格調高さを思うと、現代の私たちには理解しがたいのだが、天皇を中心とした共同体に生きていた歌人たちであることを考えれば無理もない。

私は百人一首の大江千里を最高の記憶としてとどめておきたい。

24 このたびは幣《ぬさ》も取りあへず手向山《たむけやま》 紅葉《もみぢ》の錦《にしき》神のまにまに

菅家《かんけ》

〈今回の旅は急に行われたので、幣の用意もございませんが、手向山の紅葉の錦を神の思し召しのままにお受けください〉

古今集

「このたび」は、「この度」と「この旅」との掛詞。「幣」は、布を細かく切って神に捧げるもの。「手向山」は、旅の守護のために峠に神を祀った山。ここでは山城から大和に向かう途中の山を指す。

宇多上皇の大和御幸《ごこう》に供奉《ぐぶ》した折りの一首と言われる。紅葉を錦と見立て、神への捧げものとした発想が新鮮である。

作者菅原道真《すがわらのみちざね》（八四五～九〇三）は、その悲劇的な生涯であまりにも有名だ。学者の家系に生まれ、宇多天皇に重用されて右大臣に上ったが、醍醐天皇の治世になって、藤原氏の圧力もあり、大宰 権 帥《だざいのごんのそち》に左遷された。死後、雷神として恐れられ、厚く祀られた。学問の神様天神様としても親しまれる。

菅原道真と言えば漢学のイメージが強い。詩集『菅家文草《かんけぶんそう》』もある。しかし、母方の伴氏は大伴旅人《たびと》などにつながる歌人の血も流れていた。

東風吹かばにほひおこせよ梅の花
主《あるじ》なしとて春を忘るな

〈東から春風が吹いたら、匂いを放てよ、梅の花よ、主がいなくなっても春を忘れないでくれ〉

拾遺集（後世に「春な忘れそ」として伝わる）

左遷された時に詠まれたこの一首から、飛梅《とびうめ》伝説が生まれる。梅が主を追って都から筑紫《つくし》まで飛んで来て花を咲かせたという。

菅原道真は能にも作られたが、近世の浄瑠璃の『菅原伝授手習鑑《すがわらでんじゅてならいかがみ》』が菅原物の大作である。道真への忠義のために、三つ子の兄弟が自分の命ばかりか、子の命まで掛けて尽くす物語だ。歌舞伎でもよく上演される「寺子屋」の場面が切ない。道真の若君菅秀才《かんしゅうさい》の身代わりに、三つ子のうち敵方藤原時平《しへい》に仕えている松王丸の子が首を打たれるのである。

この芝居を観るたびに、私は言いようのない怒りを抑えることができない。なぜ、そんな必然性があるのか。しかし、そうまでさせるほどに、道真は優れた人物であり、それゆえに自身にも周囲にも悲劇を呼び起こすのかも知れない。

「ここはどこの細道じゃ、天神様の細道じゃ」という歌が、私はなぜか恐ろしい。天神様の細道に入り込んだら、二度と帰って来られないような予感がするのである。それほど、天神様の力は凄いのだ。

25　名にし負はば逢坂山《あふさかやま》のさねかづら
人に知られでくるよしもがな

三条右大臣《さんじょうのうだいじん》

〈その名にも、逢って寝るという逢坂山のさねかづらは、手繰り寄せるとやって来る、そのようにひっそりと人に知られないであなたのもとに来る方法があればいいのに〉後撰集

「逢坂山」の「逢ふ」、「さねかづら」の「寝」、そして「くる」は「繰る」と「来る」の掛詞である。言葉の技巧が駆使されているのに、どきっとするような恋の真情が伝わるのは、調べの良さゆえであろう。「さねかづら」に添えてこの歌を贈られたら、心が動いてしまうかも知れない。別名を美男葛《びなんかづら》と言い、真っ赤な実が印象深い植物である。

作者三条右大臣は、藤原定方《さだかた》（八七三～九三二）。右大臣従二位《じゅにい》で、三条に邸があったためにこう呼ばれた。

私はこの歌には、歌舞伎の『近江源氏先陣館《おうみげんじせんじんやかた》』の「盛綱陣屋《もりつなじんや》」で親しみがある。

これは豊臣と徳川の争い（大坂冬の陣）を鎌倉時代に置き換えた芝居で、実は真田《さなだ》幸村《ゆきむら》と兄信之《のぶゆき》が主人公である。豊臣についた幸村が佐々木高綱《たかつな》、徳川についた信之が盛綱ということになっていて、徳川家康に当たるのは北条時政だ。

高綱と盛綱の子ども同士が戦って、高綱の子どもが捕えられる。すると、その子の母

で、高綱の妻である篝火《かがりび》が子どもに会いに、敵方の盛綱の陣屋に軍装でやって来て、この歌を書いた矢文を射るのだ。

恋の歌を、人に知られないでわが子に会いたいという意味に転じて使うのである。兄盛綱の妻早瀬《はやせ》が見つけて、篝火の心を察し、やはり百人一首の歌で矢文を射る。例の蟬丸の「これやこの」の歌である。

行くも帰るもわからない戦場のことで、あなたがわが子に会えるかどうか、その場の成り行き次第だから、しばらく待ちなさいという意味か。これまた、元の歌をうまく使っている。

『近江源氏先陣館』は義太夫《ぎだゆう》物だが、江戸時代には、庶民の中にも百人一首が浸透して、基本的な教養となっていたのだということがよくわかる。

「逢坂山のさねかづら」など、この上なくエロティックな修辞が、子を思う母の心に重ねられるのが、スリリングで面白い。わが子を愛するのも、エロスの一種なのかも知れないと思うと、人類共通の禁忌である母子相姦の幻さえ浮かんで来る。

「逢坂山のさねかづら」は、この歌ゆえに名を挙げた。「さねかづら」こそ、本当に三条右大臣にひそかに逢って寝ることを望んでいるかも知れない。私もひそかに逢いたい人はいるが、逢ったら「さねかづら」のように真っ赤になってしまうだろう。

26　小倉山峰の紅葉葉《もみぢば》心あらば
いまひとたびのみゆき待たなむ　貞信公《ていしんこう》

〈小倉山の峰の紅葉の葉よ、もし心があるならば、散らないで、もう一度、天皇の行幸を待っていてほしい〉　拾遺集

京都の小倉山は紅葉の名所である。紅葉の紅が澄んで深く、繊細な葉の形も格別に思われる。

その紅葉に呼びかけたのだ。宇多上皇の御幸《ごこう》があって、あまりにも素晴らしい紅葉に、ぜひ皇子である醍醐天皇の行幸もなさるべきと、上皇が望まれたので、その意を体して、貞信公が歌を詠んだ。

ここは歌でなければ、紅葉に心が通じない。普通の散文で言っても、紅葉は聞いてくれないが、歌ならば、人でないものたちとも心が通じ合うという古代の信念である。

「花に鳴く鶯《うぐひす》、水に住むかはづの声を聞けば、生きとし生けるもの、いづれか歌をよまざりける」（花に来て鳴く鶯、水に住んでやはり鳴く河鹿蛙《かじかがえる》の声を聞けば、およそ生きているもので歌を詠まないものがあるだろうか）（『古今集』「仮名序」）という、紀貫之の有名な言葉があるが、ここではもの言わぬ紅葉でさえも、歌は理解するのだ。この呼びかけは

優しい。作者の人柄が現れているのだろう。

作者貞信公とは、藤原忠平《ただひら》（八八〇〜九四九）。関白太政大臣《かんぱくだいじょうだいじん》という、臣下としては最高の位にあった人である。菅原道真と対立した藤原時平の弟だが、忠平は道真とも関係が良好だった。妻は宇多天皇皇女で、その祖父は道真であったとも言われている。時平の早世ののち、忠平が後を継いで、「延喜格式《えんぎきゃくしき》」を完成させ、「延喜の治《ち》」と呼ばれる国政改革を成し遂げた。寛大で慈愛深い人柄で、長きにわたって政権の座にあり、各天皇に信任された。

この一首も、宇多上皇と醍醐天皇の仲を取り持つ配慮の歌とも読み取れる。政治家としての手腕の確かさが窺《うかが》われる。そういう社会的に練《ね》れた人物は、詩歌には縁遠いことが多いものだが、それが歌の不思議さで、何も突出した奇矯《ききょう》な人間だけが歌を詠めるわけではないのである。温厚篤実《おんこうとくじつ》な人間には、それなりの心のこもった歌が詠める。

平将門《たいらのまさかど》は、この藤原忠平の家人《けにん》として仕えていたことがあった。忠平が摂政であった時に将門の乱が起きたが、平定された。

物語の主人公ならば、断然、将門の方が忠平より魅力的だが、あいにく人生は物語ではない。そして歌もまた、物語とは少し異なるのだろう。最終的に、歌は人生の側にあるのかも知れない。歌というものについて、私が疑いを捨てきれないのはそこのところだ。

27　みかの原わきて流るるいづみ川
いつみきとてか恋しかるらむ

中納言兼輔《かねすけ》

〈みかの原を分けて湧いて流れるいづみ川のいつみという名のように、いつあなたを見たからこんなに恋しいのだろうか〉　新古今集

「みかの原」は京都府木津川市加茂町《きづがわしかもちょう》にあり、奈良時代、恭仁《くに》京が一時営まれたところである。

「わきて」は「分きて」と「湧きて」の掛詞。「いづみ川」は木津川の上流で、みかの原を流れている。

上の句全体が、「いつみ」を導くための序詞である。古来の表記では濁点を用いないので、「いづみ」と「いつみ」は同じであった。

いつあなたを見たのか、いやまだ見ていないのかも知れないという曖昧な意味が含まれている。「未だ逢はざる恋」であろうが、古語の「見る」という語の性愛的な深い意味を考えると、「逢うて逢はざる恋」かも知れない。

いずれにしても、仄《ほの》かに見たか見ないかもわからない女性への切ない思慕が迫って来るのは、ひとえに韻律、調べの力であろう。百人一首のうちでも、とりわけ調べの忘れがた

い歌である。

本当を言えば、この歌には意味などなく、説明も要らないのかも知れない。それほどに、流れる言葉の音が美しい。その美しさのうちに、狂おしい恋心を感じることができたら、もうこの歌はいいのである。

作者も実は定かではない。『古今和歌六帖《こきんわかろくじょう》』の作者未詳歌だったのだが、『新古今集』に藤原兼輔（八七七〜九三三）の歌として採られたので、百人一首もそれに従ったということである。おそらくは伝承の歌なのであろう。

兼輔は賀茂川堤の辺りに邸があったので、堤中納言《つつみちゅうなごん》と呼ばれた。三十六歌仙の一人。有名な短編小説集『堤中納言物語』はほとんどが作者未詳だが、この実在の兼輔にちなんで名づけられたようだ。

さて、「みかの原」の歌だが、定家はこのような歌こそを最も羨望して撰んだのではあるまいか。定家の歌は確かに韻律も美しい。しかし、あくまで濃密な意味内容によってその韻律が支えられているのであって、「みかの原」の歌のように、一種アナーキーなまでに韻律本位ではないからである。

百人一首を読んでゆくと、定家が、自分には決して詠めない歌への憧れを秘めつつ、なおかつ堂々たる撰者として百首を撰んでいることが、何とも興味深く素晴らしいと思う。

28　山里は冬ぞ寂《さび》しさまさりける
　　人目も草もかれぬと思へば
源宗于朝臣《みなもとのむねゆき》

〈山里ではとりわけ冬が寂しさがまさって感じられるよ、人目も離《か》れ、草も枯れてしまうと思うと〉　古今集

「離れ」と「枯れ」の掛詞を用いた巧みな一首ながら、山里の実感がこもっている。

作者源宗于（生年未詳〜九三九）は、光孝天皇の皇子是忠《これただ》親王の子である。源氏として臣籍降下した。

三十六歌仙の一人で、紀貫之との贈答歌や伊勢《いせ》に贈った歌もある。

常盤《ときは》なる松の緑も春くれば
　今ひとしほの色まさりけり　古今集

〈いつも変わらない松の緑も春になるといっそう色がまさって美しい〉

これも平明で心に響く一首である。この歌は川端康成の『千羽鶴』にも出て来る。

『大和物語』第三十段には宗于は右京大夫《うきょうのかみ》と呼ばれて登場する。しかし、ここでは、官位昇進がままならない侘しさを嘆く場面が知られている。

宇多天皇に、紀伊国《きいのくに》から、石のついた海松《みる》（海藻）が献上された。人々がこれについて

歌を詠むと、宗于は次の一首を詠んだ。

おきつかぜふけゐのうらにたつなみの
なごりにさへやわれはしづまむ

〈沖から風が吹いて吹井《ふけい》の浦に波が立ちます、それでも、石のついた海松のような私は海の底に沈んだままでいるのでしょうか〉

かなり率直な心情の吐露だが、肝腎の宇多天皇に、何のことだか意味がわからないと言われて、宗于の訴えはあえなく水泡に帰したのだった。天皇は本当にわからなかったのだろうか。歌などうまくても、貴族社会ではうだつが上がらないということなのだ。しかも、光孝天皇の孫という貴種であっても変わらないのである。

貴族社会などとっくに解体した現代では、歌人たちはみな庶民である。歌では生活が成り立たないので、他に職業を持っているのが普通だが、天皇にすがって振り払われる王朝の歌人たちの哀れさを見ると、まだしもましであるという気にならないでもない。

ともあれ、山里の一首は素晴らしい。うたわれているのは山里の冬の情景だが、根底にあるものは人間存在の本質的な孤独である。それが私たちにも切々と伝わって来る。出世などできなくても、この一首は千年を超えたのである。

29　心あてに折らばや折らむ初霜の置きまどはせる白菊の花

凡河内躬恒《おおしこうちのみつね》

〈もし折るならば勘に頼って折ってみようか、初霜が置いて、霜か菊か見まごうようにしている白菊の花を〉

古今集

真っ白な菊に、これまた白い霜が降りたという、清らかな美しい情景である。だからといって、菊か霜かわからなくなるわけもないのだが、その機知に富んだ誇張表現の面白さが、いかにも『古今集』らしい。

私はこの歌には特別な思い出がある。お正月のかるた遊びで、なぜか父が得意にしていた一首だったのだ。私には歌の意味などわからなかった。たぶん父も、本当にはわかっていなかったのではあるまいか。しかし、この歌の上の句が読み上げられると、嬉々として札を取っていた。この歌があるおかげで、母や叔母たちや従姉妹たちとの女の遊びの世界に、武骨な父も入って来られた。そう思うと、躬恒に感謝したい気持ちである。

凡河内躬恒は生没年未詳。三十六歌仙の一人。古今集撰者の一人でもある。同じく撰者の紀貫之とは大変親しかったようで、歌のやりとりも多い。だが、誰しも大歌人とする貫之ほど、躬恒の評価は高くない。この歌などに子どもっぽいアイデアのイメージがあるせいだろうか。しかし、鴨長明の『無名抄《むみょうしょう》』には、躬恒を侮《あなど》ってはなりませんという、源俊《とし》頼《より》の言葉が記されている。

躬恒には、機知と同時に、人の心の柔らかい部分に触れるような優しさがあるのだ。

春の夜のやみはあやなし梅の花
色こそ見えね香《か》やはかくるる　古今集

〈春の夜の闇は理屈が通らない、梅の花を隠そうとしても、色こそ見えないが、香りは隠れるものか〉

これは典型的な機知の歌だが、和泉式部をシテとする能『東北《とうぼく》』の中で謡《うた》われると、春の夜の華やかさに恍惚となるから不思議である。

わが恋はゆくへも知らずはてもなし
あふを限りと思ふばかりぞ　古今集

〈私の恋は行方も知らず果てもない、ただ逢うことだけで満たされるのだ〉

凄い一首だ。萩原朔太郎が『恋愛名歌集』でこれを「情熱極まつて長嘆してゐるやうな歌である」と述べている。もっとも、朔太郎は、百人一首の歌は「駄歌」と決めつける。嗚呼《ああ》。

どうぞ、躬恒を侮らないで。

30　有明《ありあけ》のつれなく見えし別れより
暁ばかり憂きものはなし

壬生忠岑《みぶのただみね》

古今集

〈有明の月が無情にも夜明けを過ぎて白々と空にかかり、あなたも無情だった。その別れ以来、暁ほどつらいものはない〉

有明の月は、かわいそうだ。恋人たちの別れの時刻である、夜明けを過ぎても出ているので、さも意地悪く空から別れを見下ろしているかのように思われてしまう。「つれなく見えし」は、本当は相手の女なのだ。

『古今集』では、巻十三の恋歌三に収められており、その前も後ろも、逢ってくれない女への怨《うら》みの歌である。こういう歌を読むと、怨みの深いのは男の方だという気がする。

もっとも定家は、つれなく見えたのは月だけで、女とは情緒纏綿《じょうちょてんめん》とした後朝《きぬぎぬ》（逢瀬の翌朝）の別れを味わった、と解釈したようだ。それはまた、定家らしい、妖艶《ようえん》な世界である。

壬生忠岑は生没年未詳。三十六歌仙の一人で、古今集撰者の一人でもある。優れた歌人として、古来定評がある。その子の壬生忠見《ただみ》も三十六歌仙に入っており、百人一首にも採られている。

忠岑といえば真っ先に思い出すのが次の歌だ。

春日野の雪間をわけて生《お》ひいでくる
草のはつかにみえし君はも

〈春日野の雪の間を分けて、顔を出すほんのわずかな草、そのように、ほんのわずかに見えた君が恋しいことよ〉古今集

上の句は、「はつかに」を呼び出すための序詞である。しかし、雪間の草の青々とした若い芽の情景が何とも新鮮で、目に浮かぶ。さぞかし、「君」も、若く美しいのだろう。これが百人一首に入ってもいいのではないかと思うくらいだ。

この歌は、世阿弥の能『班女《はんじょ》』で、恋慕のために狂った女が、後《のち》シテで登場する時に謡う。元の歌は、男が女を見たのだったが、能では性が逆転しているのが面白い。

忠岑の恋の歌はどれもいい。自身は恋多き人だったのかどうか。

秋風にかきなす琴のこゑにさへ
はかなく人の恋しかるらむ

〈秋風と共に聞こえて来る琴の音にまで、はかない恋心がかきたてられるようだ〉古今集

この心境はよくわかる。恋に恋する、という、自分で自分がわからないような、心が浮き立つ感じである。「はかなく」というのがぴったりだ。私にもいまだにある。だからこそ生きていられるのかも知れない。

31　朝ぼらけ有明の月と見るまでに吉野の里に降れる白雪

坂上是則《さかのうえのこれのり》

〈夜が明けそめる頃、有明の月の光かと思うほどに、きらきらと吉野の里に降り積もっている白雪〉

古今集

有明の月はここでは比喩として用いられている。夜明けの雪の明るさは独特の美しさだが、所も由緒ある吉野の里ならば一層の情趣が感じられる。

『万葉集』に天武天皇の吉野の雪の長歌がある。

み吉野の　耳我《みみが》の嶺《みね》に
時なくぞ　雪はふりける　間《ま》なくぞ　雨はふりける
その雪の　時なきがごと　その雨の　間《ま》なきがごと
隈《くま》も落ちず　思ひつつぞ来る　その山道を

〈吉野の耳我の嶺に　時を知らず雪が降るのだったよ　絶え間なく雨が降るのだったよ　その雪の時を知らないように　その雨の絶え間ないように　道の角ごとに　物を思いながら　私は来る　その吉野の山道を〉

これは壬申の乱で、まだ大海人皇子《おおあまのみこ》だった天武天皇が吉野にこもった折りを、あとから回想した歌らしい。季節にかかわらず降り続ける雪の情景に、戦いに向かう切迫感が満ちている。

西行の歌などで、吉野といえば花すなわち桜のイメージだが、実は吉野の桜はあとから植えられたもので、古代には吉野は雪のイメージだったのである。

この一首もいにしえの吉野を踏まえているのだろう。

坂上是則は生没年未詳。三十六歌仙の一人。征夷大将軍坂上田村麻呂《たむらまろ》の子孫だという。

『古今集』に面白い恋の歌が採られている。

あふ事を長柄《ながら》の橋のながらへて
**　　恋ひわたるまに年ぞへにける**

〈あの人に逢うことが無いまま、長柄の橋のように生きながらえて、恋し続けている間に年月が経ってしまったよ〉

「逢ふことを無《な》み」（逢うことがないので）と言いかけて、「な」の音から有名な長柄の橋を出し、「ながら」から「ながらへて」を導いたという、技巧たっぷりの歌なのだ。

だが、一首としては、下の句に苦い実感が溢れている。

私は花の吉野は一度行ったが、雪の吉野は知らない。この百人一首のイメージだけを抱いていたい。

32 山川《やまがは》に風のかけたるしがらみは流れもあへぬ紅葉なりけり

春道列樹《はるみちのつらき》

〈山の中の川に、風がかけたしがらみで水がせき止められている、そのしがらみとは流れきれない紅葉なのだったよ〉

古今集

『古今集』には、「志賀の山ごえにてよめる」と詞書《ことばがき》がある。題詠《だいえい》ではなく、その場で詠まれた歌（即詠）なのである。紅葉がいっぱい川に落ちて、流れをせき止めているのに驚いたのだろう。唐紅《からくれない》の凄絶な情景に息を呑んだわけだが、調べはゆったりとのどかである。

この古今集の巻五秋歌下には、多くの紅葉の歌があり、特に川と紅葉がところどころに配されている。

この歌の前には、坂上是則の「たつた川のほとりにてよめる」という一首がある。

もみぢばの流れざりせばたつた川
　水の秋をばたれか知らまし

〈紅葉の葉が流れなかったら、龍田川の水にも秋があるということを、誰が知るだろうか〉

透明な水の秋を、紅葉に寄せてうたった、なかなかの秀歌である。

また、詠み人知らずで、次のよく知られた歌もある。

龍田河もみぢ乱れてながるめり
　わたらば錦《にしき》中《なか》や絶えなむ

〈龍田河に紅葉が乱れ流れているようだ、渡ったら、紅葉の錦が途中で絶えてしまうだろう〉

紅葉と龍田川の基本的なイメージの結びつきを作ったような一首である。これは、文武《もんむ》天皇の歌とも伝えられている。

さらに、百人一首の在原業平の例の「ちはやぶる」の一首もここにある。

その中で、春道列樹（生年未詳〜九二〇）の歌は、場所は龍田川ではないが、やはり、川と紅葉の歌の原型として、後世に大きな影響を与えた。

古今集から、作者の恋の歌を引いておこう。

梓弓《あづさゆみ》ひけばもとすゑ我が方《かた》に
　よるこそまされこひの心は

〈弓を引くと弓の元と末が私の方に寄る、その夜こそまさるのだよ、恋の心は〉

上の句は「よる」を引き出す序詞だが、神秘的な弓のイメージが効いている。確かに、夜こそ恋心はまさる。昼は人間の時間、夜は神々の時間と言われるが、恋は神々のものなのだろうか。これも素敵だ。

33 久方《ひさかた》の光のどけき春の日に　しづ心なく花のちるらむ

紀友則《きのとものり》

〈天の光がのどかな春の日に、どうしておだやかな心をもたずに、桜の花は散ってゆくのだろうか〉

古今集

「久方の」は、枕詞で、「空」「日」「光」などにかかる。ここはいかにも春の空の光があふれるようで、効果的な使い方である。「しづ心」は、落ち着いたおだやかな心。「花のちるらむ」の前には「なにゆゑ」というような疑問の言葉が省略されている。省略して「しづ心なく花のちるらむ」とすることで、うららかな春の日に散ってゆく桜の花への哀惜《あいせき》が却って深くなるのだ。

古来桜の歌は数限りないが、中でも指折りの名歌である。百人一首でも最も知られた歌の一つだろう。しかし、平安時代の評価は高くなく、定家が再評価したらしい。

この歌を口ずさむと、はかなく散る桜を通して、私たちはどこから来て、どこへ行くのかという、生の根本的な問いが浮かんで来る。なぜ、こんなにものどかな天地の間に、私たちは、次々に生まれては死んで行くのか。まさに、おだやかな心ももたずに。

作者紀友則は生没年未詳。紀貫之の従兄で、『古今集』撰者の一人だが、完成前に没している。三十六歌仙の一人。

古今集の詞書には、「桜の花のちるをよめる」とあるだけで、この一首がどのような心で詠まれたのか、知るすべはない。生の根本的な問題まで思索していたのかどうかもわからない。ただ、確かなのは、歌人の直観が、一種の哲学にまで達したということである。

友則の死を悼む紀貫之と壬生忠岑《みぶのただみね》の歌を古今集から引いておこう。

あす知らぬ我が身と思へど暮れぬまの
けふは人こそかなしかりけれ　紀貫之

〈明日のことも知らない自分の身だが、生きている今日という日は亡きあなたのことが悲しい〉

時しもあれ秋やは人の別るべき
あるを見るだに恋しきものを　壬生忠岑

〈季節は他にもあるものを、よりによって秋にあなたと死別することがあってよいものか、生きている人を見てさえ恋しいのに〉

友則が敬愛されていたことがよくわかる。最高の名歌に数えられる一首を詠んだだけでも幸せなのに、人望も厚かったとは素晴らしい。

歌の神様に愛された人なのだろう。

34 誰《たれ》をかも知る人にせむ高砂《たかさご》の松も昔の友ならなくに

藤原興風《おきかぜ》

〈年老いたこの身は誰を知る人としてつきあえばいいのだろうか、昔の友はみな世を去って、長く生きているあの高砂の松も、私の昔の友というわけではないこの世に〉　古今集

高齢化社会の現代にぴったり合うような一首である。長生きをすると、家族も友人もみな先立って、自分一人、孤独をかみしめるという心境は、しばしば語られる。

この場合、友達になってくれそうな高砂の松でさえ昔の友ではないという、冷徹な現状認識が一層孤独感を深めている。

播磨国《はりまのくに》高砂は松の名所である。世阿弥作の能『高砂』で、シテの出の謡《うたい》に、この歌が引かれている。「たれをかも知る人にせん高砂の松も昔の友ならで」という詞章である。『高砂』は、能を代表する名曲として知られる。めでたい脇能と呼ばれるもので、前《まえ》シテとツレの老夫婦が、実は高砂と摂津国《せっつのくに》住吉の相生《あいおい》の松の精であったという筋立てなので、この歌の孤独感とは正反対になっている。

歌が能に引用される時、意味の転換が行われるのはよくあることだが、ここでもさすがに世阿弥は巧者である。

老いても夫婦揃って元気なら、興風の嘆きはないわけだ。

藤原興風は生没年未詳。三十六歌仙の一人。

『古今集』に採られた他の歌も見てみよう。

さく花はちぐさながらにあだなれど
誰《たれ》かは春を怨みはてたる

〈咲く花々はどれもつれなく散ってしまうけれど、いったい誰が春を怨みきることができただろうか、怨めはしない〉

これも、「誰かは春を怨みはてたる」という屈折した修辞が面白い。独特の憂愁がこの歌人の個性なのだろう。

契《ちぎ》りけむ心ぞつらき織女《たなばた》の
年《とし》にひとたびあふはあふかは

〈年一度逢おうと約束したのだろうが、その約束した心が却ってつらい、年に一度だけ逢うなんて、逢うと言えるだろうか〉

七夕でも、やはり拗《す》ねて見せている。

よほど寂しい境遇だったのだろうか。甘えん坊なのだろうか。こういう人がそばにいたら、同情して深みにはまり込んでしまいそうな自分が怖い。

35 人はいさ心も知らずふるさとは
花ぞ昔の香《か》に匂ひける

紀貫之《きのつらゆき》

〈人の心は変わるものですから、さあ、あなたのお心が昔通りかどうか、私にはわかりません。でも、お馴染みのこの土地では、梅の花は昔の香に匂っていますね〉

「いさ」は、下に「知らず」を伴って、さあ、どうでしょう、という意味になる。辛辣《しんらつ》とも思われる一首だが、『古今集』には、長い詞書が付いている。古今集

「初瀬《はつせ》にまうづるごとに、やどりける人の家に、久しくやどらで、程へて後にいたれりければ、かの家のあるじ、かくさだかになんやどりはあると、言ひいだして侍りければ、そこにたてりける梅の花を折りてよめる」

(長谷寺に参詣するごとに、泊まっていた人の家に、長い間泊まらず、久しぶりに行ったところ、その家の主人が、「このように変わらず家はありますのに、ずいぶんお見限りでしたね」と家の中から言ったので、そこに咲いていた梅の花の枝を折って詠んだ)

親しみをこめた主人の皮肉に、当意即妙の一首で答えたというわけである。

紀貫之は生没年未詳だが、九四六年頃没という。言うまでもなく、古今集の中心的撰者であり、『土佐日記』の作者でもある三十六歌仙の一人。日本の詩歌の歴史上、外すこと

のできない大歌人だ。

さて、もう一人の大歌人定家が、なぜこの歌を撰んだのか、大いに興味がある。なるほど、これは、移ろいやすい人の心と、不変の自然の摂理を対比した見事な一首である。

だが、貫之には、数多《あまた》の名歌秀歌があるのだ。

さくら花ちりぬる風のなごりには
　　水なき空に浪ぞ立ちける　　古今集

〈風に吹かれて散ってしまった桜の花の名残として、水のない空にはなびらの浪が立ったよ〉

やどりして春の山辺にねたる夜は
　　夢の内にも花ぞちりける　　古今集

〈家を離れて春の山辺に泊まった一夜は、夢の内にも昼間の景色の続きのように、桜の花が散ったよ〉

こんなにも美しい歌があるのに、定家はあえて、人情の機微に触れた一首を採った。貫之の歌は技巧的で、「余情妖艶」ではないと『近代秀歌』で定家は批判している。「余情妖艶」とは理知を超えた夢のような美意識なのだ。美は自分の領域だと、定家は思っていたのだろう。大歌人対決である。

36 夏の夜はまだ宵《よひ》ながら明けぬるを 雲のいづこに月宿るらむ

清原深養父《きよはらのふかやぶ》

〈夏の夜は短いので、まだ宵と思っている間に明けてしまったが、西に沈むひまもない月は、雲のどこに宿っているのだろう〉

古今集

「月のおもしろかりける夜、暁がたによめる」という詞書がある。月の見事な夜に、暁まで眺めていた折りの即詠なのだ。

月を擬人化した諧謔《かいぎゃく》の歌である。雲の陰でうたた寝をしているうちに、夜が明けてまごつく月の顔が見えるようだ。『古今集』の機知は、くだらないもののように評されることも多いが、ここまで突き抜けると、また格別の面白さがある。

清原深養父は生没年未詳。紀貫之、凡河内躬恒《おおしこうちのみつね》などと交友関係があった。中古三十六歌仙の一人で琴の名手であったという。清少納言の曾祖父に当たる。

子どもの頃、深養父という名前が、可笑《おか》しくてたまらなかった記憶がある。名前に「父」という字が入っているので、おじいさんのように思っていた。本当はこの歌を詠んだ時は、若かったのかも知れない。

深養父は、もう少しシリアスな歌も古今集に採られている。

神《かむ》なびの山をすぎ行く秋なれば
たつた川にぞぬさはたむくる

〈秋の神は神なびの山を通って帰って行くので、龍田川に流れる紅葉を幣《ぬさ》として手向けるのだよ〉

「神なびの山をすぎて龍田川をわたりける時に、もみぢのながれけるをよめる」という詞書がある。これも即詠である。紅葉を神への幣に見立てた。機知の範疇《はんちゅう》だが、美意識が強い。

次はかなり深刻である。

光なき谷には春もよそなれば
咲きてとくちるもの思ひもなし

〈日の光の差し込まない谷には春も無関係だから、花が咲いて早く散るもの思いも無縁です〉

「光」とは天皇の恵みである。ときめいていた人が失脚したのを見て、最初から立身出世の望みのない自分には、嘆きも喜びもないことを詠んだという。

ユーモラスな一首で名を残した深養父、必ずしも楽しい人生だったというわけでもなさそうだ。

37

白露《しらつゆ》に風の吹きしく秋の野は
貫きとめぬ玉ぞ散りける

文屋朝康《ふんやのあさやす》

後撰集

〈草の上の白露に風が吹きつける秋の野では、その露が、紐《ひも》に貫き止めていない玉のように一面に散っている〉

下の句は全体が比喩である。白露を白玉すなわち真珠に見立てて、紐に通していない真珠が乱れ散っていると、二重写しで、風の吹く秋の野の白露の景色を讃《たた》えている。

文屋朝康は生没年未詳。文屋康秀《やすひで》の子である。

この人はよほど白露が好きだったらしく、『古今集』には次の歌が採られている。

秋の野におく白露はたまなれや
　つらぬきかくるくもの糸すぢ

〈秋の野におく白露は玉なのだろうか、蜘蛛《くも》の糸が貫き通してかけているよ〉

これは貫かれた玉なのだ。

古今集に採られるだけあって、悪くはないが、見立て以上の面白さはない。「貫きとめぬ玉ぞ散りける」の方が、はるかにイメージが華やかに飛翔して、調べも流麗である。

二首が詠まれた順序はわからないが、まず、「つらぬきかくる」の歌ができて、のちに詩藻《しそう》を発展させて「貫きとめぬ」となったのではないか。
同じ素材を何度もうたって、そのうちに決定版ができるというのは、実は現代短歌にもよくあることなのだ。その時の喜びは大きい。

文屋朝康は、『後撰集』に、もう一首秋の歌がある。

浪分けて見るよしもがなわたつみの
そこの見るめも紅葉散るやと

〈波を分けて見たいものだなあ、海の底の海松布《みるめ》(海藻)も紅葉して散っているかどうかを〉

これは奇想の歌と言えるだろう。海底の紅葉は面白いアイデアだが、まだアイデアにとどまっている。

文屋朝康の勅撰集に入った歌は三首しかないので、見事にいちばんの名歌を定家が撰んでくれたことになる。

秋の野を見ると、ああ、ここに私のなくした真珠のネックレスがあると想う。私の首から逃げ出して、切れて飛び散った真珠がきらきら光っているのだ。

草の上で白く光る露

38　忘らるる身をば思はず誓ひてし　人の命の惜《を》しくもあるかな

右近《うこん》

〈あなたに忘れられるこの身の悲しみは思いませんが、神仏に二人の愛を誓ったあなたが命を落とされるのではないかと、案じられてなりません〉

拾遺集

捨てられた自分よりも、つれない相手の身を気遣う女の純情か、あるいは強烈な皮肉、究極の怨み節、呪いに近い言葉か、解釈が二通りに分かれるところである。

定家などの古来の読みは前者のようだが、私は現代人の感覚で読むせいか、怖い怨みの歌に思われてならない。

『大和物語』八十四段には、「おなじ女、をとこの『わすれじ』とよろづのことをかけてちかひけれど、わすれにけるのちにいひやりける」と書かれている。男が、「あなたを忘れませんよ」と事毎《ことごと》に誓ったのに、忘れられてしまったのちに歌を遣《や》ったのである。

これを女の純愛と思う男たちの読みは、甘いような気がする。いい男だからってふざけないでよ、と私なら思うからだ。

作者右近は生没年未詳。藤原季縄《すえただ》（生年未詳〜九一九）の娘とも妹とも言われる。醍醐天皇の后穏子《おんし》に仕えた。

相手の男は、大和物語によれば藤原時平の子の敦忠《あつただ》（九〇六〜九四三）である。三十六歌仙の一人で、やはり百人一首（43番歌）に撰ばれている歌人だ。確かに比較的短命だが、右近の呪いのせいなのだろうか。

『拾遺和歌集』には、右近の恋の歌がもう一首あって、これも相手は敦忠だと、はっきり詞書に記されている。

　人知れず頼めしことは柏木《かしはぎ》の
　　　もりやしにけむ世にふりにけり

〈人目を忍んであなたと契ったことは、柏木の森《もり》のように、漏《も》れてしまったのでしょうか、世に知られてしまいました〉

女にしてみれば、人知れず逢瀬を交わして、忘れませんという相手の言葉を信じていたのに、いつの間にか世間に知られ、男は通って来なくなってしまった、という屈辱的な状況なのだろう。

しかし、王朝時代の女房の常で、右近の恋人は敦忠一人だったわけではないのだ。色好みの元良《もとよし》親王、藤原師輔《もろすけ》、源順《したごう》など、数多かったのに、敦忠との恋だけが、百人一首に採られて、怨み節が千年後も残っているとは、よほどの深い縁《えにし》だったに違いない。

本当は敦忠のことがいちばん好きだったのかも知れないなあ。

39 浅茅生《あさぢふ》の小野の篠原《しのはら》忍ぶれど あまりてなどか人の恋しき

参議等《ひとし》

〈浅茅《あさじ》の生い茂った小野の篠原、その「しの」のように、忍んであなたを恋い慕って来たが、もうたまらない、どうしてこんなにあなたが恋しいのだろう〉

後撰集

「小野の篠原」までは、「忍ぶれど」を呼び出す序詞になっている。調べを整える効果もある。一首の主題は、忍びきれない恋の苦しみなのだ。「あまりてなどか人の恋しき」は、恋に痩せ細る男のため息がそのまま歌われたように切ない。

「浅茅」とは、まばらに生えた、または丈の低いチガヤのことである。「篠」は、細く、群がって生える竹だ。笹原にチガヤが生えた、荒涼とした風景が、歌の主人公の心象風景になっているとも読めるだろう。

これは『古今集』の詠み人知らずの次の歌の本歌取りである。

浅茅生の小野の篠原忍ぶとも
　人知るらめや言ふ人なしに

〈浅茅の生えている小野の篠原、その「しの」のように、忍んで恋をしているとあなたは知るでしょうか、知らないでしょうね、告げる人もないのだから〉

これも哀れだが、やや理屈っぽい。百人一首の歌のほうが、抑えかねる情熱を表現して見事である。

作者は源等（八八〇〜九五一）、嵯峨天皇の曾孫である。地方官を歴任して、最後は参議だったので、参議等と記された。

有名歌人ではないが、定家がこの秀歌を認めたらしい。後鳥羽院も同意見だったようだ。

ほかにこんな歌もある。

かげろふに見しばかりにや浜千鳥《はまちどり》
ゆくへも知らぬ恋にまどはむ
後撰集

〈かげろうのように仄《ほの》かにあなたを見たばかりに、浜千鳥のように、どこへ飛んで行くかわからない恋に惑うことでしょうね〉

これも忍ぶ恋と言ってもいいかも知れない。

恋に迷う心情が「かげろふ」と「浜千鳥」の二つの比喩で、イメージ豊かに歌われている。下の句がことに哀れである。

しかし、やはり百人一首の歌は段違いに素晴らしい。「あまりてなどか人の恋しき」、ああ、恋してしまいそうだ。

40　忍ぶれど色に出《い》でにけりわが恋は　物や思ふと人の問ふまで

平兼盛《かねもり》

拾遺集

〈忍んでいたけれど、とうとう顔に出てしまったよ、私の恋心は。物思いをしていらっしゃるのですかと、人が尋ねるほどに〉

「色に出でにけり」でいったん切れて、倒置法で主語の「わが恋は」が来る。下の句は第三者を登場させて会話の形になっている。何でもないようで、技巧を凝らした「忍ぶる恋」の一首である。

これは天徳四年（九六〇）の内裏《だいり》歌合《うたあわせ》に出た有名な歌だ。百人一首でも次に登場する壬生忠見《みぶのただみ》の歌と番《つが》えられて、判者の藤原実頼《さねより》も優劣が付けられず、持《じ》にしようとした。引き分けである。しかし、村上天皇の意向はどうかと窺《うかが》うと、天皇がこの歌を口ずさんでいたのを補佐役の源高明《たかあきら》が聞きつけた。そこで勝と決まったという。

天皇が本当にこの歌の方がいいと思っていたのかどうかはわからないが、やはり鮮やかな才気に一瞬惹《ひ》かれたのだろう。

作者の平兼盛（生年未詳～九九〇）は三十六歌仙の一人。平篤行《あつゆき》の子で、平氏の姓を受けて臣籍降下するまでは、篤行王、兼盛王だった。

『拾遺和歌集』、『後拾遺和歌集』の時代の有力な歌人で、多くの歌が採られている。

我が宿に咲ける桜の花ざかり
　千《ち》とせ見るとも飽《あ》かじとぞ思《おもふ》

〈我が家に咲いている桜の花盛りは、千年生きて見ても飽きることはないと思う〉拾遺集

桜といえば、早く散るはかないイメージだが、この歌はそれを逆手に取って、千年の長寿を願う。これは春の歌ではなくて、賀の歌すなわち祝賀の意をこめた歌なのである。

面白い恋の歌もある。

逢事《あふ》はかたゐざりするみどり児《ご》の
　たたむ月にも逢はじとやする

〈今すぐに逢うことはむずかしいけれど、片膝を立てて這うみどり児が漸《よう》く立とうとする月、すなわち来月になっても、あなたは逢ってくださらないのですか〉拾遺集

「かたゐざりするみどり児の」が序詞で、「たたむ月」を導いている。嬰児の動きのイメージが新鮮である。「かた」が「難《かた》し」に掛けられていて、「むずかしい」の意味になる。どの歌にもはっとさせられる、非凡な歌人なのだ。村上天皇でなくても惹かれてしまう。

でも、現代歌人だったら、巧すぎると言われそうな気もする、私は言わないけれど。

41　恋すてふわが名はまだき立ちにけり
人知れずこそ思ひそめしか

壬生忠見《みぶのただみ》

拾遺集

〈恋をしているという私の噂は早くも立ってしまったなあ。人知れず、そっと思い始めたのに〉

前の平兼盛の歌と、天徳四年歌合で番《つが》えられ、負になってしまった歌である。しかし、しみじみと味わうと、これはこれで、恋の初めの羞《は》じらいを浮き彫りにした優美な一首だ。後世の評価も高かった。『拾遺集』では、勝負とは逆に、恋の歌の巻頭に置かれ、次が兼盛の歌になっている。世阿弥の能『班女《はんじょ》』にも引かれている。

歌合という勝負の場での勝敗と、歌の価値とはまた別なのだ。負けた忠見は、不食の病にかかって早世したという伝説もあるが、事実ではないようだ。『袋草紙《ふくろぞうし》』には、老年の歌も伝えられている。

壬生忠見は、生没年未詳。壬生忠岑《ただみね》の子で、父とともに三十六歌仙の一人。貧しかったが、歌人としての実力を認められ、多くの歌合でも活躍した。

袋草紙によれば、幼い頃、宮中に召された忠見は、乗り物がなくて参れませんと答えると、では竹馬に乗って参上するようにと言われた。そこで次の歌を詠んだ。

竹のむまはふしかげにしていとよわし
今夕《ゆふ》かげにのりてまゐらむ

〈竹の馬は節があって、臥《ふ》した鹿毛《かげ》のようにたいそう弱いので、木棉《ゆう》鹿毛すなわち夕影と共に参上いたします〉

「ふしかげ」とは、竹馬を臥した鹿毛（鹿のような毛色の馬）にたとえ、竹の「節」と掛詞にした。木綿鹿毛も、馬の毛色の一種。

幼少の頃からこの才智、素晴らしいと言うほかない。大人になってからはどうだったか。

夢のごとなどか夜しも君を見む
暮るる待つ間《ま》もさだめなき世を
拾遺集

〈夢のように、どうして夜だけに限ってあなたに逢うのか、昼も逢いたい、暮れるまでの命も定めのないこの世ではないか〉

現代の恋人たちは昼も逢うことができる。それでも恋しいのに、夜しか逢えなかった昔は、本当に夢のような逢瀬だったのだろう。日が暮れるまでに死んでしまったら、その夢も叶わない。

愛と死が宇宙の天秤にかけられているようだ。今日も愛の側に傾いてくれますように。忠見に代わって祈りたい。

42 契《ちぎ》りきなかたみに袖をしぼりつつ　末の松山波越さじとは

清原元輔《きよはらのもとすけ》

後拾遺集

〈約束しましたね、お互いに涙で濡れた袖を絞りながら、末の松山を決して波が越さないように、私たちの仲も永遠に変わらないと。それなのにあなたは変わってしまったのですか〉

「契りきな」とまず切れて、「かたみに」から「波越さじとは」までがひっくり返って初句にかかる、大胆な倒置法である。

「末の松山」は陸奥国の歌枕《うたまくら》。宮城県の多賀城市《たがじょうし》にある。海が近いのに波が越さないと言われ、東日本大震災でも、奇跡的に津波を免れた。

この歌は『古今集』の次の東歌を本歌とする。

君をおきてあだし心をわが持たば
　末の松山波も越えなむ

〈あなたという人がいながら、浮気心を私が持つようなことがあったら、あの波が越さないという末の松山でさえ波が越すでしょうよ、決して心変わりはしません〉

百人一首の歌は恋の終わりの怨みの歌だが、こちらは恋の初めの約束の歌だ。

元輔はその反転の面白さまで考えていたのかも知れない。いかにもプロの歌人らしい、技巧を尽くした一首である。調べもうねりに富んで、男のなお尽きない慕情を思わせる。

清原元輔（九〇八〜九九〇）は、清原深養父《ふかやぶ》の孫。清少納言の父。村上天皇の命によって『後撰集』編纂のために置かれた和歌所《わかどころ》の寄人《よりうど》、梨壺《なしつぼ》の五人の一人で、三十六歌仙にも入っている。

この歌人として高名な父の名を汚さないために、娘の清少納言は歌は詠まないと述べているほどだ。

うつり香《が》のうすくなりぬるたきものの
くゆる思ひに消えぬべきかな　　元輔集

〈あなたのたきしめた香の移り香がだんだん薄くなってゆく、そのたきものの煙のように、あなたを恋い焦がれる思いで私は消え果ててしまいそうだ〉

思わずどきっとする色っぽい一首である。「たきものの」までは、「くゆる」（くすぶる）を導く序詞だが、恋人を抱きしめて身に残った移り香に、思いを募らせている男の姿が浮かび上がる。「思ひ」には「たきもの」の縁語である「火」がひそんでいて、恋の炎が揺らめくようだ。

こんな凄艶《せいえん》な歌を詠むお父さんがいたら、娘としては歌は遠慮したくなるのもわかる気がする。

43　逢ひ見ての後《のち》の心に比ぶれば
昔は物を思はざりけり

権中納言《ごんのちゅうなごん》敦忠《あつただ》

拾遺集

〈あなたに逢って契った後のこの恋心に比べれば、逢う前の恋しさなど、何でもなかった、昔は物思いなどしなかったようなものでしたよ〉

百人一首の中でもよく知られた名歌である。元輔の技巧たっぷりな歌の次に、さらりと一息で恋心の真実を詠んだこの歌を持って来る定家はさすがだ。

思いが叶ったことで、恋は一層燃え上がり、心が乱れてやまない。ひとたびでも契りたいと思っていた昔は、何とのどかだったことか。

藤原敦忠（九〇六〜九四三）は、時平の子。従三位《じゅさんみ》権中納言。三十六歌仙の一人である。美貌で、歌に優れ、琵琶の名手としても知られた。

百人一首（38番歌）に怨み節を残した右近の恋の相手とされる。よほど素敵な人だったに違いない。

敦忠は生前北の方に、自分が短命であること、自分の死後、北の方が家令の藤原文範《ふみのり》の妻になるであろうことを予言し、その通りになったという。

今日そゑに暮れざらめやはと思へども

耐へぬは人の心なりけり

〈今日は、あなたと結ばれたからといって、日が暮れないということはない、必ず夕暮れは来ると思うものの、それまで耐えられないのが恋する心なのですよ〉　後撰集

これは、その北の方に逢って初めて贈った歌である。「そゑに」は「それゆえに」の略。百人一首の歌と同じく、後朝《きぬぎぬ》の切ない思いが歌われている。

ここまで愛した妻が、自分の死後に心変わりすることを、どうして見抜いたのだろう。

恋というものの奥に秘められている、「昔は物を思はざりけり」という深い嘆息のような言葉を重ね合わせると、恋人を抱いて、この世の秘密を知ってしまった人なのかも知れない。それゆえの早世だったのではないか。

「昔」とは、この世の秘密を知る前の、遠い過去のことなのかも知れないと、つい深読みをしたくなってしまう。この人はいったい何を見てしまったのか。

私が北の方なら、敦忠と一緒に死んでしまいたい。一緒にこの世の秘密を知って、彼方に行ってしまいたい。

ああ、けれど、こんな素晴らしい夫を失ったのちに、はるかに劣る男を愛してしまうこともこの世にはあるのだろう。悲しい。

人生って何?

44　逢ふことのたえてしなくはなかなかに
人をも身をも恨みざらまし

中納言朝忠《あさただ》

拾遺集

〈もし恋人と逢って契ることが全くないものなら、却って、相手のつれなさも自分のつらさも、恨むことはないだろうに〉

これまた恋の真理である。恋は人を哲学的思索に耽《ふけ》らせるのだろう。逢うことが絶対的にないのなら、却って空しい望みを持つこともなく、相手の無情や自分の運命を嘆くこともない。だが、それで幸せだと言えるだろうか。いや、私はどんなに傷ついてもあなたに逢いたい、という強い恋心が歌の底にひそんでいるのだ。

これは、恋人に一度も逢っていない場合の読みである。『拾遺集』では、まだ逢っていない恋の部に入っている。

しかし、逢ってしまったために、その後逢えない苦しみが募るという読みも可能である。その場合には、逢うということが最初からなければ、こんなに苦しむことがないだろうに、という、より切実な思いになる。定家の読みもこちららしい。

私もむしろ後者を想定して読んでいたが、前者の読みも面白い。

逢って契るという行為そのものがこの世になければ、どんなにいいだろうにという反実仮想、すなわち前者の読みは、在原業平の有名な一首を連想させる。

世の中にたえてさくらのなかりせば
　春の心はのどけからまし

〈この世に桜というものが全くなかったら、春の心はのどかなのになあ〉　　古今集

これも、逆説的な桜讃歌である。

百人一首の朝忠の歌は、テーマが恋だけに、雄大な業平の歌の調べとは異なり、「人をも身をも恨みざらまし」と、文字通り身を揉むような切迫した調べになっている。

作者藤原朝忠（九一〇〜九六六）は、「名にし負はば」の三条右大臣定方《さだかた》の子。中納言従三位だったので、中納言朝忠と記された。三十六歌仙の一人。

恋の行為のない宇宙、それはユートピアなのか、ディストピアなのか。

百人一首の歌は、現代人にはそこまで突き詰めて読むこともできる。

ひとがひと恋はむ奇習を廃しつつ
　昼さみどりの雨降りしきる　　川野芽生《めぐみ》『Lilith』

現代短歌にはこんなラディカルな恋愛否定の歌もある。

作者朝忠にはそんな意図はなかっただろうが、優れた作品は常に作者を超えて時代を超えて彼方に行くのである。

45　あはれともいふべき人はおもほえで
身のいたづらになりぬべきかな

謙徳公《けんとくこう》

〈私をかわいそうにと言ってくれるような人は誰一人思い浮かばないまま、この身はむなしく死んでしまいそうです〉

拾遺集

『拾遺集』には、恋を語らっていた女性が、その後冷たくなって、全く逢わなくなってしまったので、という詞書が付いている。女が再び振り向いてくれるように、悲痛な叫びを上げている一首だ。

王朝時代の恋愛関係で、「あはれ」という言葉は特別な意味を持つ。男が女に「あはれ」と言ってほしいと求めるのは、愛してほしいというのとほとんど同義である。

近代でも、夏目漱石の『三四郎』に、「可哀想だた惚れたつて事よ」という言葉が出て来る。同情は愛に近いという英語の諺《ことわざ》の訳である。

女に思いを寄せて、せめて一言「あはれ」と言ってほしいと迫った例でよく知られるのは、『源氏物語』の貴公子柏木《かしわぎ》であり、相手は、朱雀院《すざくいん》皇女で光源氏の正妻という、高貴な身分の女三の宮だった。女三の宮との密通を光源氏に知られて、重い病になり、もう余命いくばくもない柏木が、再び宮にそれを求める。一方的な柏木の恋心を大それたものとして怨む宮から返って来たのは、「あはれ」の一言ではなく、あなたに後れを取って、私が生きていられましょうかという激しい歌だった。

立ちそひて消えやしなましうきことを
思ひみだるる煙《けぶり》くらべに　女三の宮『源氏物語　柏木巻』

〈あなたの煙と共に私も消えてしまいたいほどです。このつらい私のみだれる「思ひ」の火の煙とどちらが激しいか比べるために〉

柏木はこれを一期の思い出として、宮の出産と出家ののちにはかなく死んでゆく。さすがに宮も、柏木の死を「あはれ」と思い、前世からの縁《えにし》だったのかと、「物思ひ」に泣くのだった。

謙徳公のこの歌は、柏木ほど悲壮な覚悟ではなかっただろうが、一首の恋の執念は、定家を動かし、千年後の私たちの心も動かす。

作者の謙徳公すなわち藤原伊尹《これまさ》（九二四～九七二）は、師輔《もろすけ》の子で、摂政太政大臣という権力の座にあったが、当時としても比較的若くして亡くなっている。しかし、和歌にも優れていて、この一首は家集の巻頭を飾っている。孫は書家として名高い行成《ゆきなり》である。

王朝時代の貴族は、漢文学の素養が必須の条件だったが、加えて和歌はもちろん、芸術全般に優れていなければならなかった。現代の政治家とは何と違うことだろう。

46　由良の門《と》を渡る舟人かぢを絶え
行方も知らぬ恋の道かな

曾禰好忠《そねのよしただ》
新古今集

〈由良川の河口を漕ぎ渡る舟人が、梶（櫂《かい》）を失って行方も知らず波に漂うように、私も、どうなることか知れぬ恋の道をゆくのだ〉

上の句は序詞で、意味は下の句に尽きているが、上の句の妖しく揺らめくような調べが、まさに行方も知らぬ恋の道を想わせる。無意識に強く訴えかけて来る不思議な歌である。

作者曾禰好忠は生没年未詳。官位が丹後掾《たんごのじょう》であったので、曾丹《そたん》と呼ばれる。中古三十六歌仙の一人。

招かれていない円融院《えんゆういん》の催しに行って追い返されるなど、奇矯な人柄を表す逸話もあるが、斬新で自由な作風で、後世に高く評価されている。『万葉集』の語彙を積極的に用いたり、百首歌という、個人で百首を詠む形式を創始したりした。

三島江につのぐみわたる蘆《あし》の根の
ひとよのほどに春めきにけり

後拾遺集

〈淀川沿いの入江に一面に芽を出す蘆の根、その一節《ひとよ》のように、一夜寝たばかりで春めいたようだ〉

三島江は、現在の高槻市南部に当たる。一節は蘆や竹のふしの間。「根」は「寝」に通じてかすかに恋の匂いがある。これも上の句は「ひとよ」を導く序詞だが、同時に生き生きとした景色の描写にもなっている。

ねやの上に雀の声ぞすだくなる
出《いで》たちがたに子やなりぬらん

〈寝間の上に雀の声がにぎやかに聞こえる、ひなが巣立つ頃になったのだろうか〉好忠集

これは和歌に詠まれることが少なかった雀を素材にしたところが面白い。

花ちりし庭の木《こ》の葉《は》もしげりあひて
天《あま》てる月のかげぞまれなる

新古今集

〈花の散った庭の木の葉も茂り合い、天空に照る月の光がまれにしか洩れて来なくなった〉

「天てる」は、万葉集の語彙。新緑と月光の取り合わせが珍しい。

春といえば梅に桜、秋は月というような、既成概念を破って、生命感に満ちた、新鮮な感覚を打ち出したところに好忠の魅力がある。

みんなで空気を読み合っていた貴族社会で、徹頭徹尾空気を読まないのがいいのである。同調圧力を跳ね返す、こういう人間に私はなりたい。

47 八重《やへ》葎《むぐら》茂れる宿の寂しきに 人こそ見えね秋は来にけり

恵《え》慶《ぎょう》法師

〈幾重にも葎が生い茂っている荒れた宿の寂しい情景を、訪れる人はいないが、秋というものだけはたしかにやって来たよ〉

拾遺集

「人こそ見えね」は、「こそ」の係り結びで逆接の意味だが、こういう話は高校の古文の授業でさんざん聞かれた方も多いだろう。

誰も来てくれないけれど、秋だけはやって来たなあという感慨は、現代の私たちにも親しみ深い。

源融《とおる》の別荘だった河原院《かわらのいん》が、十世紀末頃には荒れ果てた廃墟になっていたところに、歌人たちが集まって、「荒れたる宿に秋来たる」という題で歌を詠んだのである。見事に題を生かし、秋を擬人化して、諧謔味《かいぎゃくみ》を加えて歌っている。

しかし、『源氏物語』の「夕顔」の巻では、某院《なにがしのいん》という、やはり廃墟のような邸宅に、光源氏が愛人夕顔を連れて行き、そこで夕顔は邸に棲む物の怪《もののけ》にとり殺されてしまう。

河原院で歌を詠むのも、命がけの風流だったのではないかと、臆病な私などは想像するが、案外当時は何でもなく、しばしば歌の集まりが催されていたらしい。とりあえずみんな無事で、百人一首に採られる名歌が生まれたのはめでたい。

恵慶法師は生没年未詳。中古三十六歌仙の一人。藤原公任《きんとう》が撰んだ三十六歌仙から洩れた歌人やそれ以後の歌人から、藤原範兼《のりかね》が三十六人を撰んだ。

恵慶は次に出て来る源重之《しげゆき》やすでに紹介した平兼盛らと交流があった。

荒れ果てた宿を詠んだ春の歌もある。

浅茅原《あさぢ》主《はらぬし》なき宿の桜花
心やすくや風に散るらん

拾遺集

〈浅茅原となって荒れ果てた、主もいない家の桜は、見る人もいないから気楽に風に散るのだろうか〉

これも諧謔味を含んでいる。桜が散るのを惜しむのが普通の歌だが、誰にも見られない桜は安心して散るという、逆をゆく面白さが独特である。

人を食ったお坊さんだったのかも知れない。一緒に飲んだら楽しそうだ。

私など、いつまでも子どもっぽい意地を張ってるんじゃないよ、もっと肩の力を抜いてご覧と言われそうな気がする。

歌というのは力の抜き方がむずかしくて、力を抜いてすっかり駄目になってしまう人もいれば、いわく言いがたい味が出る人もいる。怖いところである。

48　風をいたみ岩うつ波のおのれのみ
砕けて物を思ふころかな

源重《しげ》之《ゆき》

詞花集

〈風が激しいので、岩を打つ波が自分だけで砕けてしまうように、あなたは冷たいまま、私だけが恋に悩んでいるこの頃ですよ〉

「岩うつ波の」までが「砕けて」を導く序詞になっている。「岩」はつれない女、「波」は自分自身の比喩だが、「岩」が女というのは、どれほど冷酷非情な相手なのか、ちょっと怖い感じがする。自分自身が砕けて散るというのも、破滅的である。

私がその女だったら、この歌をもらって心を動かすよりも、こんなふうに思われているなら、もう放っておこうという気になるが、歌としては凄味があって忘れがたい。

源重之は生年未詳。三十六歌仙の一人。清和《せいわ》天皇の曾孫。地方官を歴任し、藤原実方《さねかた》に従って陸奥に赴き、長保二年（一〇〇〇）に当地で没したという。

先に見た好忠と並んで、百首歌を創始した。この一首も「重之百首」の恋の部に入っている。ということは、題詠であって、特定の相手に贈られた歌ではないのだ。もちろん、心の中には誰かを思い描いていたかも知れないが。

恋しきを慰めかねて菅原や

伏見に来ても寝《ね》られざりけり
〈恋しい心を自分で慰めかねて、菅原の伏見に来てその名のように伏しても眠れなかったよ〉　拾遺集

地名をうまく詠み込んだ恋の歌である。機知の歌と言えるだろう。

行く水の岸ににほへる女郎花《をみなへし》
　しのびに波や思ひかくらむ

〈流れて行く水の岸辺に美しく咲いている女郎花に、ひそかに波が思いをかけているだろう〉　拾遺集

これは、女郎花を女性に見立てて、水が花に寄せる恋心を夢想した。機知と言うよりも童話的な面白さがある。三条太政大臣こと藤原頼忠《よりただ》邸に歌人が召し集められた席で、「岸のほとりの花」という題で詠まれた一首である。

この時代の歌人たちは、どんな題でも、巧みに詠むことができなければならなかった。それが歌人というものだった。

現代の歌人にはとても真似ができない。いや、できる人もいるだろうが、私にはできない。自分の思っていることしか歌にできないのだ。それではプロと言えないのかも知れない。「おのれのみ砕けて」の一首ができた時、重之は、やった！　と思ったのではないだろうか。

49

御《み》垣《かき》守《もり》衛《ゑ》士《じ》の焚《た》く火の夜《よる》は燃え
昼は消えつつ物をこそ思へ

大中臣能宣朝臣《おおなかとみのよしのぶあそん》

〈宮中の御門を守る衛士の焚く火が、夜は燃え、昼は消えるように、私の恋の炎も夜は激しく燃え上がり、昼は消え果ててむなしく、物を思っているのです〉　詞花集

「御垣守」から「昼は消えつつ」までがすべて「物をこそ思へ」を導く序詞であり、同時に衛士の焚く火の具体的な描写であるという、斬新なレトリックによる一首。恋の炎が赤々と見えるようだ。

作者は大中臣能宣（九二一～九九一）とされているが、実は違うらしい。『古今和歌六帖』に似た歌があり、伝えられてゆくうちに作者を能宣として『詞花《しか》和歌集』に採られたという。

しかし、能宣は、百人一首に入ってもおかしくない歌人だった。三十六歌仙の一人であり、源順《したごう》、清原元輔らと共に、村上天皇に選ばれた梨壺の五人の一人でもあった。勅撰集にも多くの歌を採られている。能宣の真作と思われるものを見てみよう。

逢事《あふこと》を待ちし月日のほどよりも
今日の暮《くれ》こそ久しかりけれ

〈あなたに逢うのを待っていた月日よりも、昨夜お逢いしてから今日の暮れまでの時間の

方が長く感じられます〉

逢瀬の翌朝、後朝《きぬぎぬ》に女に贈った歌である。女に再び逢う暮れまでの待ち遠しさを言うのは普通だが、それと、逢うまでの時間を比べたところに才気と人間味が見える。

これは恋の初めだが、次は恋の終わりである。

　　事《こと》の葉《は》も霜にはあへず枯れにけり
　　　　こや秋はつるしるしなるらん　　　拾遺集

〈愛を誓った言葉も、霜にはたまらず枯れてしまいましたね。これは秋が果てた、すなわち飽き果ててしまったしるしでしょうか〉

「事の葉」を文字通り植物と見立て、「秋」と「飽き」を掛けている。手紙が来なくなった女に贈った一首。なかなか皮肉が効いていて面白い。こういう歌が来たら、あら、あなたに飽きてなんかいませんと、歌で切り返すのが女の腕なのだ。

昔の恋はむずかしい。男も女も、うぶで真っ正直なだけでは駄目で、それぞれに手練手管《てれんてくだ》が求められる。

現代の若い歌人はあまり恋の歌を詠まなくなったが、たまにはお芝居のつもりで、こうした濃厚な恋の場面を演じてみるのも楽しいのではないだろうか。

私もいつかやってみたい。

50 君がため惜《を》しからざりし命さへ長くもがなと思ひけるかな

藤原義孝《よしたか》

〈あなたに逢うためなら、死んでも惜しくないと思っていたこの命も、お逢いできた今は、長くあってほしいと思うのですよ〉

後拾遺集

これもよく知られた後朝《きぬぎぬ》の歌である。第五句には歌集による異同があるが、恋が叶った喜びが初々しく歌われている。先に能宣のところで、手練手管が必要だと言ったが、これはまっすぐな恋心そのままである。しかし、恋に死んでもいいという熱情が、現代の恋人たちとはやはり違うようだ。

子どもの頃、かるた取りでこの歌が好きだった。意味がわかると思ったからである。だが、今振り返れば、全くわかっていなかった。後朝の歌だとは思ってもいなかったのだ。しかも、「君」が恋人だということもわからず、家来がご主人様を思う歌だと考えていたのだから、無知とは恐ろしい。義経を思う弁慶のようなイメージで読んでいたのである。だから私は、人がどんなにとんでもない読みをしても笑うことはできない。

さて、中古三十六歌仙の一人でこの純情な歌で名が残った、作者藤原義孝（九五四〜九七四）はわずか二十年で世を去っている。「あはれ」の歌の謙徳公伊尹《これまさ》の子だが、流行した疱瘡《とうそう》(天然痘)で、兄共々、一日のうちに没してしまったのだ。死んでも法華経をよみたいから火葬にしないようにと遺言したと『大鏡』にある。

こういう事実を知ると、「言霊《ことだま》」ということを思わずにはいられない。言葉の魂である。この歌は、早く死にたいと言っているわけではなく、その逆だが、「惜しからざりし命さへ」に不吉な匂いがある。作者の短命を予告しているような気がするのだ。

特に歌の場合、三十一音に魂を込める感覚があるので、散文以上に「言霊」を感じるのだろう。私は、両親が生きているうちは、その死を歌うことはできなかった。

健在な母を、もう死んだことにして歌った寺山修司はさすがである。

亡き母の真赤な櫛《くし》で梳《す》きやれば　山鳩の羽毛抜けやまぬなり　寺山修司『田園に死す』

死んだ母の「真赤な櫛」という官能性、さらにはそれで「山鳩の羽毛」を梳くという行為の優しく残酷な匂いのする美しさ、忘れがたい一首だ。母への愛と呪いのようなものが絡み合った凄まじい歌なのだ。

本当の詩人とはそうしたものだろう。何物も恐れてはいけないのである。

義孝も、「惜しからざりし命さへ」と恐れずに張りつめた思いを歌ったからこそ、千年を越えて名が残った。詩歌とは、時に生死の覚悟が求められるものなのだ。

51 かくとだにえやはいぶきのさしも草
さしも知らじな燃ゆる思ひを

藤原実方《さねかた》朝臣

〈こんなに恋い焦がれていますとさえ、私がどうして言えましょう、いいえ言えませんから、伊吹のさしも草ではありませんが、さほどとはご存じないでしょうね、私の燃える思いの火を〉

後拾遺集

超絶技巧の一首。上の句は「さしも草」から「さしも」を導く序詞だが、その中が大変なことになっている。「かくとだに」は、「こんなに（恋い焦がれています）とさえ」である。「えやはいぶきの」は、「え」が打ち消しにつながって不可能を表し、「やは」は反語、「いぶきの」が、「言ふ」と「伊吹」の掛詞で、「どうして私が言えましょう、いいえ言えません」という意味になる。「さしも草」は、お灸に使うもぐさのことで、近江伊吹山のもぐさは古くから有名だ。さらに下の句では、「思ひ」の「ひ」が「火」の掛詞である。

こんな物凄い歌をもらったら、返歌をするにも一苦労するだろう。しかし、当時はこれが社交の手段だったのだから、仕方がない。さすがにここまで技巧を駆使するのは、即詠ではむずかしそうだが、男も女も、『万葉集』から始まる過去の歌の蓄積が頭に入っていたのだから、そのデータベースからぱぱっと検索ができたのかも知れない。

藤原実方（生年未詳〜九九八）は、中古三十六歌仙の一人。美貌と風流で名高い和歌の名手で、宮廷の女房たちの人気が高かった。光源氏のモデルの一人ともされる。

ひそかな恋愛関係だった清少納言が、私を忘れたのねと言った時の実方の歌が次の一首。

忘れずよまた忘れずよ瓦屋《かはらや》の
したたくけぶり下《した》むせびつつ

後拾遺集

〈あなたを決して忘れませんよ、かえすがえすも忘れませんよ、瓦を焼く小屋の下で焚く煙にむせぶように、ひそかにむせび泣きながら〉

藤原義孝の子の藤原行成と宮中で争い、一条天皇から、「歌枕見て参れ」と陸奥守に左遷されたという。陸奥の笠島で、道祖神の前を下馬せずに通ろうとしたところ、乗っていた馬が倒れ、その下敷きになって没したともいう。亡霊になったとも伝えられ、都では貴公子の非業の死を悼《いた》む人々が多かった。

後世にも実方の名は高く、能『実方』は、現在復曲上演されている。若く美しい実方が賀茂臨時祭で舞ったことを題材にして、美男の老いとナルシシズムを描いた興味深い作品である。

伝説の実方にはぜひ逢ってみたいが、あの才気煥発な清少納言がぽうっとなっているほどだから、あまりにも素敵で、私など何も言えなくなってしまいそうだ。

52　明けぬれば暮《く》るるものとは知りながら
なほ恨めしき朝ぼらけかな

藤原道信《みちのぶ》朝臣

〈夜が明ければ、やがてまた日が暮れて、あなたにお逢いできるとわかっていますが、それでも恨めしい朝ぼらけのお別れですよ〉　後拾遺集

後朝《きぬぎぬ》の歌である。上の句は自然の運行をさらりと述べて、下の句で、それに対する人間の心を訴える。対照が巧みで、すっと心に入って来る一首だ。

百人一首を読んでいると超絶技巧の歌のあとには必ず素直な歌が配されている。

昔の恋人たちは、夜しか逢えないから、夜明けがどんなにつらかっただろうと想像すると、気持ちがよくわかる。男は長い昼の時間を、宮中の仕事などに費やして、日が暮れるのを待つのである。女は、家でひたすら男の訪れを待っている。比べたら、仕事で気が紛れる男の方がずっと楽だと思うが、やはり恋心がいっぱいで苦しかったのだろうか。とはいえ、女房たちとふざけたりもしたことだろう。昔の男たちは、何と元気なのか。

作者の藤原道信（九七二〜九九四）は、太政大臣為光《ためみつ》の子である。中古三十六歌仙の一人。若くして世を去ったが、歌の上手として知られた。

さ夜《よ》ふけて風やふくらん花の香《か》の

にほふ心地の空にするかな　千載集

〈夜がふけて風が吹いて来たのだろうか、梅の花の香が、どこからともなく匂うような気分で空に漂っているよ〉

梅の香を、繊細微妙な感覚でとらえている。朧《おぼ》ろげな雰囲気がいかにも春の夜である。「空にするかな」は使ってみたい言葉だ。

散りのこる花もやあるとうち群れて
深山《みやま》がくれをたづねてしがな　新古今集

〈まだ散らずに残っている桜があるかと、連れ立って、深い山に隠れている花を尋ねてみたいものですよ〉

何でもないようだが、「深山がくれをたづねてしがな」が優婉《ゆうえん》で心を惹かれる。

天折《ようせつ》したが、歌は豊かでいくらでも引きたくなる。

ここで同じく天折した現代歌人、笹井宏之（一九八二〜二〇〇九）の一首を挙げておこう。

ねむらないただ一本の樹となって
あなたのワンピースに実を落とす　『ひとさらい』

しんと寂しく、優しい。

道信もまた生まれ変わったら、ねむらない樹になるだろうか。

53　嘆きつつひとり寝る《ぬ》夜《よ》の明くる間《ま》は
いかに久しきものとかは知る

右大将道綱母《みちつなのはは》

〈あなたの不実を嘆きながら、ひとりで寝る夜が明けるまでの間は、どんなに長いものか、あなたはおわかりですか、おわかりでないでしょうね〉

拾遺集

「明くる」は、「(戸を) 開くる」の掛詞になっている。私が門を開けるまで、どんなに長いか思い知りなさいという意味なのだ。平明だが、深い怨みのこもった一首である。

有名な『蜻蛉日記』の作者(九三六頃〜九九五)の歌。

作者は九五四年に藤原兼家《かねいえ》と結婚し、翌年道綱を生むが、一夫多妻の結婚生活は苦渋に満ちたものだった。夫には正妻があり、またそれとは別に「町の小路なる女」という愛人ができた。本朝三美人といわれたほどの美貌で、中古三十六歌仙の一人に数えられる和歌の名手だった誇り高い作者は、夫の背信に傷つきながら、自己の内面を深く見つめてゆく。

この歌は、『拾遺集』の他、『大鏡』と蜻蛉日記に収められている。

拾遺集と大鏡では、やって来た夫になかなか門を開けてやらなかったということになっているが、蜻蛉日記では、作者は最後まで門を開けず、夫は「町の小路なる女」のもとに泊まる。その翌朝贈った歌という記述である。

事実はわからないが、より苛烈な蜻蛉日記の設定の方が、作者の心の真実に近いのではないかと思われる。

蜻蛉日記では、作者はこの歌を、夫の心変わりを象徴するように、色のうつろった菊の枝に付けてやる。怖い。気の弱い男なら震え上がってしまうところだが、さすがに夫の兼家もさる者で、妻の歌を面白がって、負けずに返歌を寄越す。

げにやげに冬の夜ならぬ真木《まき》の戸も

おそくあくるはわびしかりけり　　蜻蛉日記

〈実に明けるのがおそい冬の夜長のひとり寝もつらいでしょうが、門をなかなか開けてもらえないのもつらいことでしたよ〉

夫は妻の怒りを認めた上で、自分もつらかったと、被害者の側に回る。王朝の恋愛は、自分の不実も相手のせいにするのが鉄則である。馬鹿正直に謝ってはならないのだ。いかにうまく相手の言葉尻をとらえて切り返せるかに、恋の成否がかかっている。

おそらく道綱母のような生真面目な人には、生きづらい世の中だっただろう。現代に生まれていたら、結婚などしないで、才能をじゅうぶん生かせただろうに、気の毒なことである。王朝の女性文学は血と涙の結晶なのだ。

54 忘れじの行末《ゆくすゑ》まではかたければ今日を限りの命ともがな

儀同三司母《ぎどうさんしのはは》

〈末永く忘れないという、そのお言葉が未来までたしかかどうか、わかりませんから、そうおっしゃる今日限りの命であってほしいものです〉　新古今集

これも、一夫多妻制に苦しむ女性の魂の叫びである。愛の行く末を誓う男の言葉が信じられず、愛されている今日、このまま死んでしまいたいと願う。

作者は高階成忠《たかしなのなりただ》の女《むすめ》 貴子《きし》（生年未詳〜九九六）。高内侍《こうのないし》と呼ばれた。兼家の子の道隆《みちたか》の妻であり、伊周《これちか》、一条天皇の皇后定子《ていし》などの母。儀同三司とは、准大臣のことで、嫡男伊周がその役職だったための呼び名である。

『枕草子』に栄華が描かれる中 関白家《なかのかんぱくけ》の中心にいた女性だ。夫の道隆は美男で酒好きの愉快な性格だった。若い頃はさぞかし魅力的であっただろう。どんな愛の言葉をささやいたのだろうか。

高内侍は本格的な漢学者で、帝の御前の詩席で、漢詩を献上するほどだった。一族もみな漢学の素養が深かった。『大鏡』には、女があまり学問にすぐれているのは縁起が良くないと言う通り、没落なさったと記されている。何といういやな書き方だろう。

彼女は歌で案じたように夫道隆に捨てられることはなかったが、夫の死後、政権が夫の弟の道長に移り、伊周が花山院《かざんいん》狙撃事件で左遷になるなど、一家の凋落《ちょうらく》の中で悲嘆にくれて亡くなった。

その運命を思うと、愛のクライマックスで詠まれた一首はひときわ哀切である。この歌は、子ども心にも胸を打たれたのが忘れがたい。一夫多妻制などは知らなかったが、切迫した調べにただごとではないものを感じた。

道綱母もそうだが、すぐれた才能を持ちながら、女が誰々の母としか記録されない時代の闇を思う。

比べれば、今の私たちは幸せなはずだが、性別という網の目は、やはり生活の隅々に張り巡らされて息苦しい。女であること、男であることにとらわれない生き方がしたい。たとえば雲のように。

幻想文学研究者・作家でもある現代の女性歌人の一首を引こう。

しんじつにおもたきものは宙に浮かぶ
　　惑星・虹・陽を浴びた塵《ちり》　　井辻朱美『水晶散歩』

人間の想像を超えた質量を持つものたちが宙に浮かぶ。

この自在さをはるかな儀同三司母に贈りたい。

55　滝の音《おと》は絶えて久しくなりぬれど
名こそ流れてなほ聞こえけれ

大納言公任《きんとう》

〈この滝の音は絶えてから長い歳月が経っているけれど、その名は今も流れて世に聞こえていますよ〉

千載集

長保元年（九九九）九月十二日、藤原道長嵯峨遊覧の折りに随行して、大覚寺滝殿跡で詠んだ一首である。『千載和歌集』だけでなく『拾遺集』にも採られているが、「滝の糸は」となっている。「滝の音は」が原形だったらしい。「音」ならば、「聞こえ」と縁語になって、詩的ハーモニーが成り立つ。

また、「た」音と「な」音の頭韻が美しい。意味としては、何ほどのこともないが、流麗な調べを楽しむだけでも一首の存在意義はある。歌とは、はかなしごとと呼ばれる。はかない、何でもないことでも、三十一音の器に収まるときらりと輝くのだ。

作者藤原公任（九六六～一〇四一）は、関白頼忠《よりただ》の子。名門に生まれたが、政治的には不遇だった。しかし、詩歌管弦にすぐれ、当代最高の文化人として尊敬された。中古三十六歌仙。大井川（大堰川）で道長が舟遊びを催した時、漢詩の舟、管弦の舟、和歌の舟と三つあるうちで、どの舟にお乗りになるかと道長に尋ねられたことは、「三舟《さんしゅう》（三船《さんせん》）の才」

として名高い。この時、公任は和歌の舟に乗り、次の歌を詠んだ。

小倉山嵐の風の寒ければ
もみぢの錦きぬ人ぞなき

〈小倉山を吹き下ろす嵐の風が寒いので、散る紅葉の錦を着ない人はいません、みんなが紅葉の錦を身にまとっています〉　大鏡

散る紅葉の情景を錦の衣裳のイメージに展開した、見事な歌である。だが、公任は、「漢詩の舟に乗ればよかった、これほどの漢詩を作ったら、名声も上がっただろう」と言った。権力者道長に対しても、芸術的には最高貴族の誇りを失わなかった人である。『和漢朗詠集』の編者であり、三十六歌仙の撰者でもあった。また、拾遺集のもとになった『拾遺抄』を編んだ。創作家としてよりアンソロジストとして、後世に大きな影響を与えた。

当時の文人たちにとって、公任に評価されるかどうかはひとつの試金石だったようだ。紫式部のいるところで、「ここに若紫はおいでですか」と、『源氏物語』を読んでいることを明らかにして呼びかけたのも公任だった（『紫式部日記』）。次に登場する和泉式部も、愛人関係だった帥宮敦道《そちのみやあつみち》親王に連れられて、公任の白河の山荘を訪れ、歌を詠み交わしている。奔放な和泉式部だが、身分の隔たりゆえか、公任に対しては遠慮がちであるのが面白い。

公任が現代にいたら、認めてもらえるかどうか、どきどきする。

56　あらざらむこの世のほかの思ひ出に　いまひとたびの逢ふこともがな

和泉式部《いずみしきぶ》

〈もう私は死ぬでしょう、この世のほかまでの思い出に、もう一度あなたにお逢いしたいのです〉

後拾遺集

この歌は一見するとわかりやすいが、よく考えると難解である。「あらざらむ」（私は死ぬでしょう）で一回切れるようだが、「あらざらむこの世」と続けて読むと、（私が死んだあとのあの世までの思い出に）ということになる。いずれにしても、病床で最後の逢瀬を求める切ない歌である。

作者和泉式部（生没年未詳）は、情熱的な恋の歌で名高いが、この歌は誰に宛てて詠まれたものだろうか。私は、最初の夫橘道貞《たちばなのみちさだ》ではないかと思うが、違うかも知れない。

和泉式部は大江雅致《おおえのまさむね》の娘。夫の官名和泉守により和泉式部と呼ばれた。中古三十六歌仙の一人。中流貴族の漢学者の娘というのは、紫式部と同じような境遇である。だが、二人の人生は全く異なっていた。

橘道貞と結婚した和泉式部は、娘小式部内侍《こしきぶのないし》を生んだ。しかし、弾正宮為尊親王《だんじょうのみやためたか》に愛され、弾正宮が早世したあと、弟の帥宮《そちのみや》敦道親王と結ばれ、召し出されて宮邸で暮らすのだが、帥宮も早世してしまう。夫道貞とは、離別したものの、歌に見る限り、思いは捨てきれなかった。

その後、藤原道長の娘である、一条天皇の中宮彰子《しょうし》に女房として仕える。紫式部の同僚となったわけである。道長の部下であった藤原保昌《やすまさ》と再婚して、紆余曲折はあったが、最後まで添い遂げたらしい。

波瀾万丈の生涯である。紫式部には、和泉式部は歌はうまいけれど素行が悪いと批判されているが、魅力的な人だったのだろう。多くの男に愛され、自分も多くを愛することを隠そうとしなかった。そして、恋愛遍歴を通して、一種の哲学的境地に達していた。

代表歌を挙げておこう。

冥《くら》きより冥き道にぞ入《い》りぬべき
　　はるかに照らせ山《やま》の端《は》の月
拾遺集

〈冥いところからまた冥い道に入ってゆく私なのでしょう、山の端の月よ、はるかに照らしてください〉

播磨の書写山の性空《しょうくう》上人に結縁《けちえん》を願った歌である。上人を仏法の真理を表す真如《しんにょ》の月として、煩悩の闇に迷う私をお救いくださいという意味になるが、闇と月の対比だけでも、凄まじい迫力のある一首だ。

57　めぐり逢ひて見しやそれとも分かぬ間《ま》に
雲隠れにし夜半《よは》の月かな

紫式部《むらさきしきぶ》

〈久々にめぐり会って、たしかにそうとわかる間もなく雲に隠れてしまった月のようなあなたですよ〉

新古今集

詞書に、幼な友達に久しぶりに会ったが、陰暦十日の月が夜半に沈むのと競うように帰ってしまったので、とある。恋の歌ではないところに、清冽な香気が漂う。

作者紫式部は、生没年未詳。中古三十六歌仙の一人で、『源氏物語』の作者として、あまりにも有名だが、源氏物語には多くの歌が入っている。それぞれの登場人物に成り代わって詠んだ歌は、場面に合わせて巧みである。

一方、百人一首に採られた歌は、紫式部自身として詠んだものだ。

面白いことに、この二通りの歌は雰囲気が全く異なるのである。源氏物語の方は、恋を中心とした歌が多い。『紫式部集』や『紫式部日記』に収められた式部自身の歌は、いかにも作家らしく内省的な境涯詠が中心で、恋の歌は夫藤原宣孝《のぶたか》とのやりとりだけでごく少ない。むしろ同性の友の存在が目立つ。

源氏物語から、名歌として知られる一首を引いてみよう。

袖ぬるるこひぢとかつは知りながら
下《お》り立つ田子《たご》のみづからぞうき　六条御息所『源氏物語　葵巻』

〈袖が濡れるこひぢ（泥）のような恋路であるとわかっていながら、その泥の中に入ってゆく田子（農民）のように、深みに下りてゆく私がつらくてなりません〉

六条御息所は、前東宮妃という高貴な身分でありながら、はるかに若い光源氏の求愛を拒みきれなかったが、恋仲になってみると源氏の情熱は急速に冷めた。誇り高い女は傷つき、泥まみれになろうとしている。この苦悩の中で、彼女の魂は生霊《いきりょう》になるのだ。悲しく怖い歌である。

紫式部自身の歌はどうか。

年暮れてわがよふけゆく風の音《おと》に
心のうちのすさまじきかな　紫式部日記

〈今年も暮れて私の齢もふけてゆく。その夜更けの風の音を聴けば心のうちが荒涼とする〉

これはわかりやすいが、六条御息所の歌とは別の意味で怖い。何物にも救われない魂を感じさせる。作家とはこういうものか。

58　有馬山猪名《ゐな》の笹原風吹けば
いでそよ人を忘れやはする

大弐三位《だいにのさんみ》

後拾遺集

〈有馬山近くの猪名の笹原に風が吹くと、そよと音がします。さあ、そうですよ、そのように、私があなたをどうして忘れるでしょう〉

有馬山は現在の神戸市で、六甲山の北の山々。猪名はその東北方である。上の句は、そうですよ、という「そよ」を導く序詞だが、笹原が風に靡《なび》くそよ、という音が寂しい恋心にふさわしく、流麗な調べでまさに忘れがたい。

有馬山を恋人にたとえ、わが身を猪名の笹原にたとえて、恋人が何か言って来たら、笹原が山からの風に鳴るように自分の心も動くという解釈もある。

久しく訪れの絶えていた男に、自分は心変わりしていないと訴える歌。

大弐三位（九九九頃〜一〇八二頃）、本名は賢子《かたいこ》。藤原宣孝と紫式部の子。最初、藤原兼隆《かねたか》と結婚して、後冷泉《ごれいぜい》天皇の乳母となる。のちに大宰大弐《だざいのだいに》となる高階成章《なりあきら》と再婚して、後冷泉天皇の即位に伴い、従三位に叙せられたところから、この女房名で呼ばれる。

偉大な母紫式部が内向的な知性の人であったのに対して、明るく社交的な人柄であったようだ。恋の贈答歌も多い。
堀河右大臣、藤原頼宗《よりむね》に贈った歌。

こひしさのうきにまぎるるものならば
　またふたたびと君を見ましや

〈恋しさが憂《う》さに紛れて忘れられるものならば、もう一度あなたにお逢いすることはないでしょう、つらくても忘れられないからこそまたお逢いしたいのです〉　後拾遺集
男の冷たさを嘆きつつも、なお思いを訴えるのは、百人一首の歌と共通している。だが、決して惨めな感じはないのが、伸びやかな個性ゆえだろう。

はるかなるもろこしまでもゆくものは
　秋の寝覚めの心なりけり

〈はるかな唐土まで辿り着くのは、「物思い」の絶えない秋の寝覚めの心ですよ〉　千載集
内容は恋の苦しみだが、比喩のスケールが大きく、一息で詠まれた調べが心地良い。「秋の寝覚め」は、失恋の孤独のうちに目覚める女のイメージで、漢文学の影響が色濃い。さすが紫式部の娘である。『千載和歌集』秋下の巻頭という名誉を得た一首。
人生も作品も素晴らしい、こんな人もこの世にはいるのだ。何となく面白くないが、友達になったら楽しいかも知れない。少なくともお母さんよりは。

59 やすらはで寝なましものを小夜《さよ》ふけてかたぶくまでの月を見しかな

赤染衛門《あかぞめえもん》

〈ためらうことなく寝てしまえばよかったのに、あなたがおいでになると思って、夜更けに傾くまでの月を見てしまいました〉

後拾遺集

藤原道隆と恋仲だった姉妹のために代作した一首。男への怨みごとだが、おっとりしてやわらかい。作者の人柄がしのばれる。

赤染衛門は生没年未詳。大江匡衡《まさひら》の妻。上東門院《じょうとうもんいん》彰子に仕え、紫式部や和泉式部と同僚だった。特に和泉式部との友情はよく知られている。中古三十六歌仙の一人で『栄花物語』の作者と言われる。

王朝の女性文学者たちの中でも、自由奔放で魅力的な和泉式部に対して、優等生の赤染衛門は、真っ当過ぎてつまらないと長く思っていた。しかし、だんだん歳月を重ねて来ると、ただの優等生ではないような気がして来た。

赤染衛門自身、夫と結ばれるまでは男性たちに人気があったようで、案じる匡衡の歌も残っている。

だいたい、スキャンダラスな男性遍歴で、世間から指弾される和泉式部との友情を守ること自体、相当な懐の深さがなければできないことである。

赤染衛門と和泉式部の歌のやりとりを見てみよう。和泉式部が最初の夫橘道貞と別れて、帥宮《そちのみや》のもとにゆく時である。

うつろはでしばし信田《しのだ》の森を見よ
かへりもぞする葛《くず》の裏風　赤染衛門
新古今集

〈すぐに心変わりしないで、しばらく見ていらっしゃい。和泉守になったあの人の、任地の信田の森の葛の葉が、風に翻って裏になるように、あの人もあなたのところに帰って来るかも知れませんよ〉

秋風はすごく吹くとも葛の葉の
うらみ顔には見えじとぞ思ふ　和泉式部
新古今集

〈もう、いいんです。あの人が私に飽きてつれなくなっても、葛の葉が裏を見せるように怨み顔を見せることはしないつもり〉

友の幸せを願って軽率な行動を諌《いさ》める赤染衛門、夫への未練を響かせながら、新しい恋に走る和泉式部、二人とも素敵だ。

大人の女の友情は美しい。

60　大江山いく野《の》の道の遠ければ
まだふみもみず天の橋立

小式部内侍《こしきぶのないし》

〈大江山を越えて、生野《いくの》を通って行く道が遠いので、まだ天の橋立は踏んでみたこともなく、丹後国にいる母の文も見ておりません〉　金葉集

大江山、生野は丹波国《たんばのくに》の地名。「生野」に「行く」が掛けてある。「天の橋立」は丹後国《たんごのくに》の名勝である。「踏み」と「文《ふみ》」が掛詞。

この歌は、子どもの頃、わけがわからなかった。日本三景の一つ天の橋立の名前は知っていたが、それがいったいどうしたというのだろうと思った。だが、「まだふみもみず天の橋立」という下の句は、言いやすくてすぐに覚えてしまった。

これは作者のことを知らなければわからない。小式部内侍は和泉式部と橘道貞の子である。生年未詳、一〇二五年没。母と共に上東門院彰子のもとに出仕し、藤原教通《のりみち》、藤原公成《きんなり》など、多くの貴公子たちに愛されたが、出産のため、二十代で世を去り、母を深く嘆かせた。

母和泉式部が、二度目の夫藤原保昌の任地丹後国に暮らしていた時に、小式部内侍が歌合に召された。代作をしてくれるお母さんがいなくてご心配でしょう、と藤原定頼《さだより》にからかわれ、即詠でやり返したのが、『金葉和歌集』に採られたこの歌だ。才気の鮮やかな一

首で、相手を黙らせた。

　歌というものは不思議である。これは言葉遊びだけで成り立っているようなもので、意味といえば「まだふみもみず」だけだ。しかし、千年経っても、きらめくような調べが私たちの心にさざ波を寄せる。

　定家もこの歌を高く評価したようだ。

　歌は、たとえ思想や世界観が無くとも、美しければいいのだろう。美しさによって、心と心に、橋がかかれば、きっといいのだ。

　だが、私は今ひとつ確信が持てないでいる。美しいことは大前提だが、そこに、個人の世界が投影されていてほしいと、どうしても考えてしまう。

　たとえば、和泉式部の歌にはいつも自身の世界観がこめられていた。そのまま現代短歌として読んでも違和感がない。しかし、王朝和歌の中では、和泉式部がむしろ例外なのかも知れない。

天の橋立

61　いにしへの奈良の都の八重桜
けふ九重《ここのへ》ににほひぬるかな

伊勢大輔《いせのたいふ》

〈昔の奈良の都の八重桜が、今日九重すなわち京の都の宮中で美しく咲き満ちていますよ〉　詞花集

一条天皇の時、奈良の八重桜が宮中に献上された折りに、中宮彰子の新参の女房伊勢大輔が詠んだ歌である。紫式部が受け取りの役目を大輔に譲り、藤原道長が歌を詠むように命じた。新参の女房の実力を試そうとしたわけだが、見事な一首に、道長を始め、万人が感嘆した。

「いにしへ」と「けふ」、「八重」と「九重」の対比による、当意即妙の名歌である。調べも素直で、すっと心に入る。それ以上何も要らないのだ。

前の小式部内侍の歌もそうだったが、歌はむしろ、過剰な意味性を捨象した方が美しいことがある。ここのところが、近代以降軽んじられて来たが、現代では、また見直されつつあるようだ。小式部内侍の歌では、少し疑問を述べたが、この歌なら、私も納得できる。平城京と平安京、二つの都の歴史を一首にしたスケールの大きさに感動する。

伊勢大輔は、生年未詳、一〇六二年頃没。大中臣輔親《おおなかとみのすけちか》の娘である。高階成順《なりのぶ》と結婚し、

康資王母《やすすけおうのはは》らを生んだ。中古三十六歌仙の一人。

他の歌はどうだろう。

いかばかり田子《たご》の裳裾《もすそ》もそほつらん
雲まも見えぬころの五月雨《さみだれ》　新古今集

〈どんなに早乙女の衣の裾も濡れることでしょう、雲の晴れ間も見えない日頃の五月雨に〉

農民の生活を本当には知らない貴族女性が空想して詠んだ歌だが、生き生きしたリアリティがある。

ゆくさきはさ夜《よ》ふけぬれど千鳥なく
佐保《さほ》の河原はすぎうかりけり　新古今集

〈もう夜が更けてしまったけれど、千鳥が鳴く、佐保の河原は素通りすることができません〉

これも臨場感があって、景色が浮かんで来る。絵空事の感じがしないのが才能である。描写力のある作者だからこそ、瞬間的な即詠で大きな歌の時空を創出できたのだろう。紫式部がおそらくは意地悪な気持ちで役目を譲ってくれたことが、千年の名誉につながったのだ。ピンチはチャンス、歌人とは、生きているすべての瞬間が勝負なのである。

62 夜《よ》をこめて鳥の空音《そらね》ははかるとも よに逢坂《あふさか》の関はゆるさじ

清少納言《せいしょうなごん》

〈夜が明けないうちに、あの函谷関《かんこくかん》の故事のように、鳥の鳴き声を真似して関所を通ろうとしても、私の逢坂の関は許しませんよ〉

後拾遺集

『史記』にある鶏鳴狗盗《けいめいくとう》の故事を踏まえた、清少納言らしい才気鮮やかな一首。中国の戦国時代、斉《せい》の孟嘗君《もうしょうくん》が秦に使いして、最初は王に気に入られたが、やがて殺されそうになって、夜半、函谷関まで逃げた。この関所は鶏鳴と共に開く定めであったので、孟嘗君が大勢養っていた食客のうち、鶏鳴の真似が上手い者の働きで、関所を開かせ、無事通った。

仲良しの藤原行成が夜更けまで話して帰って行った翌朝、「お話ししたいことがたくさんありましたが、鶏の声に促されて帰りました」と言って来たので、「まだ夜更けの鶏の声は、函谷関の故事の真似ではありませんか」と言ってやると、「函谷関ではありません、これはあなたとの逢坂の関です」と、あたかも二人が逢ったかのように言うので、とんでもないと清少納言が詠んだ。

清少納言は、父清原元輔のところでふれたように、大歌人の父の名声を汚さないように、自分は歌を詠まないと公言していたが、ここぞというところでは、さすがに素晴らしい歌を詠むのだ。「夜をこめて鳥の空音ははかるとも」と、調べが高らかで、イメージも豊かに立ち上がる一首である。ただし、『枕草子』と『後拾遺集』では、「鳥の空音に」となっている。百人一首の方が「鳥の空音は」で、対象をくっきり表している。

さて、これに対する行成の返歌はひどいものだった。

逢坂は人越えやすき関なれば
鳥鳴かぬにも開けて待つとか

〈あなたの逢坂は誰でも許す関なので、鳥が鳴かなくても開けて待つと聞いていますよ〉

枕草子

とはいえ、二人の友情は変わらず、互いをほめて章が終わっている。

清少納言は九六六年頃の生まれ、没年未詳。中古三十六歌仙の一人。一条天皇の皇后定《てい》子《し》に仕えて、枕草子を著した。不遇逆境のうちに亡くなった定子の、栄華の日々のみを明るく描いたことは、清少納言の主人に対する熱い追慕の心を思わせる。

紫式部は清少納言に対抗意識を燃やし、日記で、あのように軽薄に才能をひけらかす人の末路は良いはずがないとまで述べている。清少納言が晩年落魄《らくはく》したという伝説もあるが、野垂れ死にこそ、文人にふさわしい最期ではあるまいか。ここは清少納言に味方したい。

63 今はただ思ひ絶えなむとばかりを人づてならでいふよしもがな

左京大夫道雅《さきょうのだいぶみちまさ》

〈今はもう、あなたのことは諦めますと、ただそれだけを、人づてでなく、あなたに会って言うすべがあったらなあ〉

後拾遺集

長和五年（一〇一六）、伊勢の斎宮を退いた三条院皇女当子《とうし》内親王が都に上ると、道雅はひそかに通ったが、院が怒って監視を付けたために逢えなくなった。その折りの歌である。諦めますと言うために逢えば、また恋心が募るだろう。「今はただ思ひ絶えなむとばかりを」とたたみかける調べも苦しげで、どうしようもない未練が噴き上げて来る熱い一首だ。斎宮との恋の歌は『伊勢物語』が有名だが、こちらはリアルである。

伊勢大輔や清少納言の歌のように、レトリックや機知によるのではなく、切迫した現実の状況から生まれた歌なのだ。読者も作者の人生のドラマを共に生きることになる。これもまた、歌の魅力だ。定家はそれをよく知っていたのだ。

作者藤原道雅（九九二〜一〇五四）は、関白藤原道隆と儀同三司母の孫で、伊周《これちか》の子である。清少納言の主人筋に当たるわけだ。中古三十六歌仙。だが、祖父の死と父の失脚によって家が没落した。その鬱屈が、道雅を破滅的な行動に走らせたのだろう。

『後拾遺集』にまとめて採られている、前斎宮との禁じられた恋の歌をさらに見てみよう。

逢坂《あふさか》は東路《あづまぢ》とこそ聞きしかど
**　心づくしの関にぞありける**

〈逢坂の関は東国路と聞いていたが、心づくしの筑紫路《つくしじ》の関だったよ、逢えないままに心にかかるよ〉

さかき葉のゆふしでかけしその神に
**　おしかへしても似たるころかな**

〈今は、あなたが昔に返って、榊葉の木綿四手《ゆうしで》を掛けて斎宮としていらした時のようだ、近づきがたいことよ〉

このあとに百人一首の歌が来る。そしてまた一首。

みちのくの緒絶《をだえ》の橋やこれならん
**　ふみみふまずみ心まどはす**

〈みちのくの歌枕緒絶の橋とはこれなのか、文を見たり見なかったりするたびに心を惑わせるよ、踏んだり踏まなかったりするたびに橋が揺れるように、あなたは〉

やがて恋は絶えたのか。道雅は晩年は風流にいそしんで、穏やかに過ごした。そして、歌が残った。少し寂しい。破滅的であっても、破滅はしなかったのだ。

64　朝ぼらけ宇治の川霧たえだえに
あらはれわたる瀬々《せぜ》の網代木《あじろぎ》
権中納言定頼《さだより》

〈夜が明けると、宇治の川霧がところどころ晴れて行って、だんだんに現れて来る川瀬の網代木よ〉
千載集

「網代木」は、冬に川で氷魚《ひお》を取るために竹や木を組んで川瀬に立てる「網代」を支える杭。

風景を繊細に描写して主観を交えない。それでいながら、「たえだえにあらはれわたる」の辺りに、現実だけではない、風景の奥がふっと見えるような歌である。たとえばここで『源氏物語』「宇治十帖」の大君《おおいぎみ》、中君《なかのきみ》、浮舟《うきふね》の三姉妹の面影をふと思いだしたりするのだ。

作者藤原定頼（九九五〜一〇四五）は公任《きんとう》の子。歌人たちとの多くの逸話が残っている。たとえば、小式部内侍が歌合に召された時に、お母さんがいなくて心配ですねとからかって、例の「まだふみもみず」の一首でやられたのも定頼だった。中古三十六歌仙。

父の公任に、和泉式部と赤染衛門はどちらが優れた歌人か尋ねたのも定頼である。公任は二人を対等に論じるわけにはいかないと言って、和泉式部の「津の国のこやとも人をいふべきにひまこそなけれ蘆《あし》の八重葺《やへぶ》き」を賞讃した（『俊頼髄脳《としよりずいのう》』）。

女性たちとの交流も華やかだった。梅の枝に添えて大弐三位に贈った歌を見よう。

見ぬ人によそへて見つる梅の花
ちりなん後《のち》のなぐさめぞなき
新古今集

〈逢えないあなたの身代わりに眺めていた梅の花ですよ、散ってしまった後には慰めになるものもありません〉

大弐三位の返歌。

春ごとに心をしむる花の枝《え》に
たがなほざりの袖かふれつる
新古今集

〈春ごとに私が心を深く染みこませている梅の花の枝に、どなたが袖の移り香を残したのでしょう〉

定頼が梅の花にかこつけて恋の怨みを訴えたのに対して、あなたこそ、私の心がわかっていない、浮気な人です、と切り返した。

こんなはかないやりとりを繰り返して、歌人たちは生きて来たのだろう。大きなドラマはなくても、ふと心が波立った一瞬をとらえて三十一音に連ね、それが千年を越えて残る。

百人一首とは、奇跡の贈り物だろうか。

65　恨みわびほさぬ袖だにあるものを
恋に朽ちなむ名こそ惜しけれ

相模《さがみ》

〈つれないあなたを恨んで泣く涙で、袖は乾くことがないのに、この恋の浮き名で朽ちる私の名が惜しいことです〉

後拾遺集

　恋人は冷たいのに、恋の噂だけが人の口に上るという、貴族社会の女性の苦悩である。名を重んじた当時の価値観がうかがわれる。恨みの歌ではあるが、何ともたおやかで美しい一首である。

　これは題詠だが、実際にも多くの女性がこうした嘆きを抱いていたことだろう。女は待つのみという、王朝の圧倒的な男性優位の恋愛は耐え難い。それなのに、あくまで優美に恨みを歌わなければならない王朝和歌とは、何と残酷なシステムなのだろう。

と、まずは思ったが、歌人たちがそのことに違和感を覚えていたのかと言えば、そうでもないようだ。考えれば、王朝和歌では、男が女に、あるいは女が男に成り代わって詠むのも自由だったのであり、この歌も男が詠んでもいいわけだ。すべてはドラマであり、みんなが役を演じているのだ。近代以降の、作者すなわちこの私という図式とは違う。

　古典は、私たちよりはるかに自由で新しいのである。現代の高校生が、この一首を書いて、冷たい恋人に渡す、などという場面もありそうな気がする。

作者の相模は生没年未詳。源頼光《よりみつ》の養女。大弐三位、小式部内侍の同世代で、清少納言、紫式部、和泉式部の子どもの世代に当たる。橘則長《のりなが》、次いで相模守大江公資《きんより》と結婚したが、のちに別れて脩子《しゅうし》内親王、祐子《ゆうし》内親王に仕えた。豊かな才能で、女房歌人として歌壇に重きを成し、中古三十六歌仙の一人に挙げられる。数々の人生経験も大いに役立ったことだろう。離婚がキャリアにプラスになった典型的な例である。

『後拾遺集』以下の勅撰集に百九首入集とは凄い。定家も相模の歌は高く評価していたようで、単独撰の『新勅撰和歌集』に十八首採っている。

『新古今集』秋歌上から、相模の一首を引こう。

手もたゆくならす扇《あふぎ》のおきどころ
　　忘るばかりに秋風ぞふく

〈夏の間、手がだるくなるほど使い馴らした扇のおきどころを忘れるまでに、秋風が吹いていますよ〉

「秋風」すなわち男に飽きられた女の悲哀をさらりと歌って、さすがの風格である。「扇《あふぎ》」には「逢ふ」が隠れているが、もう忘れたと言っている。恨みわびて泣いてなどいなかったのだ。

66 もろともにあはれと思へ山桜
花よりほかに知る人もなし

前大僧正行尊《さきのだいそうじょうぎょうそん》

〈私が思うように、お前も私を互いにいとしいものと思っておくれ、山桜よ。ここでは花のほかに私を知る人もいないのだから〉

金葉集

吉野の大峰山での修行中に、思いがけず山桜の花を見て詠んだ一首。家集によれば、風に吹き折られた枝に美しく咲いていたという。凄絶《せいぜつ》な花の生命力に感動する。厳しい仏道修行に耐える自身に通う心を、山桜の花に見出したのだろう。題詠中心の時代にも、やはり、心を動かされた折々に歌を詠むことは歌人の本来の姿だった。

作者の行尊（一〇五五〜一一三五）は源基平《もとひら》の子。三条天皇の子である小一条院《こいちじょういん》（敦明《あつあきら》親王）の孫に当たる。三井寺《みいでら》の僧で、山伏修験の行者として、法力の強さで知られた。熊野三山検校《けんぎょう》や天台座主《ざす》にもなっている。

こんなに偉いお坊さんが、歌というはかないものに心を託したとは不思議な気がする。文芸は、心の迷いを招くようにも思われるが、修行を積んでいればそういうことはないものなのか。

だが、この歌は、明らかに修行中の人間の弱さを花に訴えている。それは仏に許されるのだろうか。それとも、歌を詠むことはすなわち仏の道なのだろうか。

お坊さんの歌というのは一つのジャンルになっていて、恋の歌も詠む。百人一首でも、喜撰法師、僧正遍昭、西行、慈円など、名だたる歌人たちがいる。また、伝説では、業平や和泉式部が歌の徳で歌舞の菩薩になったというのだから、歌は仏の道にも通じているのかも知れない。

絶対の神と人間が対決するような、西洋近代の文学のイメージとは全く違うのだ。

その辺りの真実を、法力の強い行尊に会って聞いてみたい。歌を詠むことが救いの道ならば、優れた歌人たちは、みな成仏して幸せになっているはずだ。人麻呂や定家や、与謝野晶子や斎藤茂吉はどうなのだろう。あるいは塚本邦雄や寺山修司はどうか。成仏してほしいような、してほしくないような、微妙な気持ちである。

自分自身はどうかといえば、成仏しないで、死んだら犬にでもゴキブリにでもなりたいと思うのだけれど、案外コロッと成仏するかも知れない。

できることなら、この歌に詠まれた山桜にも会ってみたい。「もろともにあはれと思へ」と詠みかけられて、本当に「あはれ」と思うことができたかどうかを聞いてみたい。花にも心が届いたなら、仏にも届くだろう。

私は何にも知らずに咲いていましたよ、と花が答えたら、どうしよう。

67 春の夜《よ》の夢ばかりなる手枕《たまくら》に
かひなく立たむ名こそ惜しけれ

周防内侍《すおうのないし》

〈春の夜のはかない夢のような戯れの手枕をお借りして、甲斐もなく浮き名が立つのは残念ですよ〉　千載集

二月、月の明るい夜に、章子《しょうし》内親王の御所二条院で大勢の女房たちが語り合っていた時、周防内侍が横になって「枕がほしい」と呟くと、藤原忠家が「これを枕にしてください」と、御簾《みす》の下から腕を差し入れたので詠んだ即興の一首、という詞書がある。「かひなく」に「腕《かひな》」が詠み込まれている。見事な機知の歌だ。

ここで、断られた忠家も、黙っては引き下がらない。

契りありて春の夜ふかき手枕を
　いかがかひなき夢になすべき　千載集

〈前世からの契りがあってあなたと私はここにいるのですから、春の夜も深い今、深く差し入れた手枕をどうして甲斐のない夢にするものですか〉

「契り」は前世からの宿縁である。わざともったいぶって、女のいなしに食い下がって見せたわけだ。ここでも「かひな」が詠み込まれている。

どちらも冗談だが、当意即妙のやりとりができるかどうかが勝負だから、真剣と言えば真剣である。歌のひとつもできないようでは、宮廷の交わりもままならないのだ。面白い社会である。

それにしても、当時の貴族の男性の腕というのはどんなものだったのか。一応乗馬や蹴《け》鞠《まり》はできるだろうが、武士のように体を鍛えてはいないから、実はぶよぶよだったかも知れないと思うと、ちょっとおかしい。

周防内侍は生没年未詳。平棟仲《むねなか》の娘で、後冷泉天皇に仕えたのち、後三条・白河・堀河天皇にも出仕した。

この一首はあまりにも有名だが、現代の本歌取りで次の歌もよく知られている。

春の夜の夢ばかりなる枕頭に
あっあかねさす召集令状　塚本邦雄『波瀾』

〈春の夜の夢を見ていたら、枕元にあっ、あかねさす真っ赤な召集令状が来ている〉

平成元年の歌集に収められた歌である。現代短歌の巨匠塚本邦雄は、自身の青春を奪った第二次世界大戦を憎んでやまなかった。王朝のみやびを借りて、未来を予見した恐ろしい一首だ。

現実にならないでほしい。

68 心にもあらでうき世に長らへば 恋しかるべき夜半の月かな

三条院《さんじょういん》

後拾遺集

〈不本意ながら、この世に生き長らえたならば、その時きっと、今夜の月が恋しく思われるだろう〉

作者を知らなくとも、鬱屈した心情にはっとする。「心にもあらでうき世に長らへば」があまりにも悲しい。「恋しかるべき」の哀切さも胸を打つ。

周防内侍の明るい機知の歌から、百八十度の転換だ。撰者定家の配合の妙がここにも発揮されている。

三条院（九七六～一〇一七）は冷泉天皇第二皇子、六十七代天皇である。先の行尊の曾祖父に当たる。

一条天皇の後に即位したが、眼病に苦しみ、二度の内裏炎上という不運に遭った。また、わが娘彰子が一条天皇との間に生んだ敦成《あつひら》親王を即位させようとする藤原道長の陰湿な攻撃にも堪えきれず、退位に追い込まれた。

道長は、敦成親王を後一条天皇として即位させる交換条件として、三条院の第一皇子敦明親王を後一条の皇太子としたが、後ろ盾のない皇太子は、三条院の没後、位を降り、小一条院と号した。悲運の父子である。

一首は、長和四年（一〇一五）十二月、病気で位を去ろうと考えていた頃に、月が明るいのを見て詠んだという。冬の月に寄せた、孤独な帝王の寂寥《せきりょう》が胸を打つ。まして眼病の身にとっては、月の輝きが見えるということが、すなわち生きる望みだっただろう。

天皇の眼病と言えば、『源氏物語』の朱雀帝が連想される。事情は異なるが、朱雀帝もまた、外戚の右大臣家の専横に抵抗できない立場だった。そこへ、父桐壺院の亡霊に睨《にら》まれて眼病を発したことから、みずから退位に向かった。

また、内裏炎上については、古代の天皇は森羅万象を統轄する役割であり、災厄は天子の徳がないためとされた。三条院、いや三条天皇の絶望はいかばかりであったか。もはや、自分が帝位にとどまっていてはならないのだと、天から告げられた思いであったろう。

この歌は、本当の意味での境涯詠であり、近代以降の短歌と本質的に変わらない。王朝和歌の遊び心とは異なる世界である。

今も、悲しみや苦しみが極まった時に歌を詠む人がいる。帝王でも庶民でも、芸術家でも犯罪者でも、歌の器は等しく心を受け止める。三十一音の前で、人は裸になることができるのだ。

69　嵐吹く三室《みむろ》の山のもみぢ葉は
龍田の川の錦なりけり
能因《のういん》法師

〈嵐が吹き散らす三室の山の紅葉は、龍田の川に流れて錦のように美しいよ〉　後拾遺集

三室の山は奈良県の斑鳩町《いかるがちょう》にあり、紅葉の名所である。これは『古今集』の詠み人知らずの次の歌を下敷きにしている。

龍田川もみぢ葉ながる神《かむ》なびの
　三室の山に時雨《しぐれ》ふるらし

〈龍田川に紅葉が流れているよ、神がいます神なびの三室の山に時雨が降っているからだろう〉

詠まれた風景は同じでも、原因と結果を逆に配したところが手柄である。アイデアの勝利というわけだ。

龍田川に流れる紅葉を錦にたとえるのも、古今集以来の常套表現である。だが、能因法師の一首は、調べも流麗で美しく、紅葉の歌の決定版という趣がある。

永承四年（一〇四九）十一月九日の内裏歌合のために詠まれた晴れの歌である。歌には独創性以外の要素も決め手になるのだ。こういうところも西洋近代の文学の概念

とは異なっている。突出した個人の創作よりも共同体の共通の意志を体現することが重んじられるようだ。正直なところ、納得が行かない気もするが、古典和歌を近代文学と同じコードで読むことはできないのだから仕方がない。

能因法師（九八八〜一〇五〇あるいは一〇五八）は、俗名橘永愷《たちばなのながやす》。中古三十六歌仙の一人で、平安中期歌壇の指導的歌人。

都をば霞とともに立ちしかど
秋風ぞ吹く白河の関

後拾遺集

〈都を春霞が立つのと共に旅立ったが、秋風の吹く季節にやっとこのみちのくの白河の関に来た〉

この歌にはみちのくに行って白河の関で詠んだという詞書がある。だが、春から秋まででは日数がかかり過ぎることから、これを虚構とする逸話が生まれた。すなわち、能因は、都にいてこの歌を詠んだのでは面白くないと、家にこもって黒く日焼けして、あたかも旅をしたかのように見せたというものである。

本当だったら、能因はなかなかの人物だと思う。歌のためにそこまで腹を括った現代歌人というのは、ちょっと思いつかない。表現の独創性とはまた別の人間的な力である。独創性なんて子どもの寝言だと、能因は言うかも知れない。

70　さびしさに宿を立ち出《い》でてながむれば
いづくも同じ秋の夕暮

良暹法師《りょうぜんほうし》

後拾遺集

〈寂しさに堪えられなくて庵を出て眺めてみたが、どこに行っても同じように寂しい秋の夕暮れだったよ〉

この歌は面白い。風雅でも美でもなく、ふと呟《つぶや》いたようなわかりやすい言葉で、秋の夕暮れはどこに行っても寂しいという普遍的な真理を歌っていて、少しも古くない。なぜ寂しいかと言えば、人間はいつか死ななければならないからであり、永遠というものとは無縁だからだ。秋の夕暮れは、それを深く感じさせるのである。

秋の夕暮れと言えば、「三夕《さんせき》の和歌」と並称される『新古今集』の三首のうち西行と定家の歌が有名である。

心なき身にもあはれは知られけり
鴫《しぎ》立つ沢の秋の夕暮　　西行法師

〈情趣など解さない世を捨てたこの身にも哀れが迫って感じられる、鴫が飛び立つ沢の秋の夕暮れよ〉

見渡せば花も紅葉もなかりけり

浦の苫屋《とまや》の秋の夕暮　　藤原定家朝臣

〈周りを見渡しても花も紅葉も無い、海辺の苫屋（粗末な家）が並んだ秋の夕暮れよ〉

西行の歌は人間存在を、定家の歌は美意識を、それぞれ極限まで突き詰めたものだが、当の定家は、どんな気持ちでこの良暹の歌を撰んだのだろう。百人一首を撰んだのは晩年である。新古今集の絢爛《けんらん》豪華より、枯淡の美に心が傾いていた頃だ。

定家は、良暹の簡潔に歌いきった一首に、敵《かな》わないと思ったのではないだろうか。それで、秋の夕暮れではこの歌を採ったのではないか。また、だからこそ定家は凄いのである。

良暹法師は生没年未詳。残念なことに家集も散逸して残っていない。だが、勅撰集では歌を読むことができる。

月かげのかたぶくままに池水《いけみづ》を　西へながると思ひけるかな

〈池の水面《みなも》に映る月が西へ傾くので、池の水が西へ流れているのかと思ったよ〉後拾遺集

水面の月の歌としては、新鮮味のある一首だろう。本当に西へ流れる水が見えるようだ。

良暹が名手であることはよくわかる。しかし、秋の夕暮れの歌は、こうした歌とは段違いの名歌であり、残るべくして残ったと言えるだろう。歌の神様はやはりいるのかも知れない。

71 夕されば門田《かどた》の稲葉おとづれて
蘆《あし》のまろやに秋風ぞ吹く

大納言経信《つねのぶ》

〈夕方になると、門前の田の稲葉に音を立てて、蘆ぶきのこの粗末な家に秋風が吹いて来るよ〉　金葉集

作者大納言経信（一〇一六〜一〇九七）は宇多源氏。有職故実《ゆうそくこじつ》に通じ、詩歌管弦にも優れていた。藤原公任に比較される才人で、当代一の歌人と評された。

一首は、一族の源師賢《もろかた》の梅津の別荘で「田家ノ秋風」という題で詠んだ。貴族の田園趣味の歌である。

「門田」は『万葉集』の用語。

橘を守部《もりべ》の里の門田早稲《わせ》
刈る時過ぎぬ来《こ》じとすらしも　作者不詳

〈橘の守部の里の門田の早稲を刈る時も過ぎてしまった、あなたは来てくれないらしい〉　万葉集

ここでは農家の女性の立場を取って、素朴な恋心が歌われている。

それに対して、経信の歌は、田園風景を歌ってもどこまでも優雅である。声に出して味

わうと、流麗な調べが殊に美しい。

恋の要素は入っていない、純粋な叙景歌である。だが、夕暮れは女が男の訪れを待つ時間であり、稲葉をそよがせる音には、ほのかな恋の匂いが漂う。「秋風」には「飽き」の音が響いていることも重要である。忘れられた女の嘆きの声が、清々しい一首の底から聞こえて来るようだ。そうした陰のドラマを読むことも歌の楽しさと言えるだろう。

では、経信の恋の歌はどうだろう。

蘆垣《あしがき》にひまなくかかる蜘蛛《くも》のいの
物むつかしくしげるわが恋

金葉集

〈蘆の垣根に隙間もなくかかっている蜘蛛の巣のように、厄介にもつれて絡むわが恋よ〉

恋を「物むつかしく」と鬱陶《うっとう》しそうに表現したところが面白い。純情な若者ではなく、大人の複雑な恋心であろう。あるいは道ならぬ恋か、などと想像させる。

百人一首の歌といい、この歌といい、苦みばしった二枚目という感じだが、本当はどんな人だったのだろう。こんな素敵な歌をもらったら、心が動いてしまいそうだ。

もちろんいろいろな歌があっていいのだが、個人的には、やはり歌は色香、言いかえればエロスが命だと思う。大納言経信、さすがの手練《てだ》れである。そっと逢いに行きたい。

72　音に聞く高師《たかし》の浜のあだ波は
かけじや袖のぬれもこそすれ

祐子内親王家紀伊《ゆうしないしんのうけのきい》

〈噂に高い高師の浜のいたずらに立ちさわぐ波のように、浮気で有名なあなたのお言葉は心にかけませんよ、波ならぬ涙で袖が濡れるといけませんから〉　金葉集

表には今の堺市から高石市にかけての高師の浜の風景を詠みながら、裏には男の誘いをぴしゃりとはねつける技巧満点の一首。「もこそ」は不安や危惧を表す。

第二句「高師の浜」は、『紀伊集』『金葉和歌集』ともに「高師の浦」で、「浜」とするのは『俊忠集《としただしゅう》』である。

子どもの頃、この歌は、意味は全くわからなかったものの、何だかハイテンションだなと思っていた。「音に聞く」も「かけじや袖のぬれもこそすれ」も、調子が高く、大上段に振りかぶった芝居の台詞のような調べである。

それもそのはず、この歌は堀河院御時の艶書合《けそうぶみあわせ》すなわち内裏艶書歌合《えんしょうたあわせ》に出された一首なのだ。艶書合とは、虚構の男女の恋のやりとりをして優劣を競うものだ。勝負の歌だから、ハッタリも必要である。

まず、藤原俊忠が次の歌を詠みかけた。俊忠は俊成の父、つまり定家の祖父である。

人しれぬ思ひありその浦風に
　波のよるこそ言はまほしけれ
金葉集

〈あなたへの人知れぬ思いがありますから、荒磯《ありそ》の浦の風に波が寄る、そんな夜に打ち明けたいのです〉

「ありその浦風に波の」が「よる」を導く序詞である。これまた技巧を凝らしてひそかな恋心を明かそうとする一首だ。悪くはないけれど、真情の迫力という点では物足りない。

紀伊の返歌は、そこを手厳しく突いたものだ。

もとより、男が口説き、女がいなすのが恋の歌の常道だから、女の歌はいかに男の言葉を切り返すかが見せ場である。ここでは、俊忠の歌の「波」を「あだ波」と断じたところが決め手となる。なるほどと思うが、正直なところ、これは本当にいい歌なのだろうかという疑問がかすかによぎる。技巧や機知の歌と言っても、たとえば周防内侍《すおうのないし》の「春の夜の夢ばかりなる手枕《たまくら》に」などは、艶麗でいいと思うのだが、この歌は一首読んだ後に残るものがほとんどないのである。

作者祐子内親王家紀伊は生没年未詳。平経方《つねかた》の娘、また源忠重《ただしげ》の娘とも言われるが定かではない。この一首を詠んだ時は、七十歳くらいの高齢かと想定されている。ひとまず恐れ入りましたと言っておこう。

73 高砂《たかさご》の尾上《をのへ》の桜咲きにけり
外山《とやま》の霞たたずもあらなむ

権中納言匡房《まさふさ》

後拾遺集

〈高砂の高い峰の桜が咲いたよ。周りの里に近い山の霞よ、どうか立たないでおくれ〉

高砂は播磨国《はりまのくに》の歌枕である。ここでは掛詞として、高いという意味も込められている。「尾上」は山の峰、「外山」は山々の外縁の人里に近い山で、この二つの対比が一首の核である。

桜が咲いたので霞が立たないでほしいというのは、常套的な主題だが、位置関係をくっきりと示すことで新鮮な歌になった。平明で気品高い一首。一見すると簡単そうだが、なかなかこういう歌はできない。

作者大江匡房（一〇四一～一一一一）は、平安時代有数の碩学《せきがく》であり、『江談抄《ごうだんしょう》』など著作が多い。漢詩人・歌人としても著名である。赤染衛門の曾孫に当たる。学者として立派で、なおかつ詩才もあったという稀有《けう》な例だ。時に天は気前よく二物を与えるのだろう。

山ざくらちぢに心のくだくれば
ちる花ごとにそふにやあるらむ

〈山桜を愛して心が千々に砕けるから、私の心は散る花の一つ一つに添ってゆくことだろう〉

恋のために千々に砕ける心はよく歌われるが、それを花に向けたのである。しかもその心が散る花に添うという、西行を思わせる一首。技巧と心情が融け合った秀歌である。

曾祖母の赤染衛門の山桜の歌に並べられているのも、『千載集』撰者俊成の心遣いだろう。

つねよりもけふの暮るるを惜しむかな
いまいくたびの春と知らねば　千載集

〈常の一日よりも春の一日が暮れるのが惜しまれるよ、老いた私にはあと幾たびの春が迎えられるかわからないのだから〉

これは切実な述懐の一首。素直な調べがすっと心に入って来る。

漢学の家大江家の再興に一生をかけたという大学者匡房だが、心の底にあったいちばん優しいものが歌になったのではないか。いいことか悪いことかは別として、歌にはそういう面がある。

苛烈に世界と対峙するためにはこの詩型はやわらかすぎるかもしれないが、優しさもまた力だと思う。「優しくなれなければ生きている資格がない」というレイモンド・チャンドラーの小説の名台詞を思い出す。

74 憂《う》かりける人を初瀬《はつせ》の山おろしよ
烈《はげ》しかれとは祈らぬものを

源俊頼《としより》朝臣

〈私につれなかったあの人がなびいてくれるようにと初瀬の観音に祈った、その初瀬の山おろしのように、あの人が私につらく当たってほしいとは祈っていないのに〉　千載集

劇的な構造を持つ一首である。「初瀬の山おろしよ」までが「烈し」を導く序詞になっている。まず初めからここまで読んで、次に「初瀬の山おろしよ」を括弧に入れて、「憂かりける人を烈しかれとは祈らぬものを」と続けて読むと意味が通る。

初瀬の観音に祈るという行為がまずあって、そこから初瀬の山おろしの苛烈なイメージが引き出されるという重層構造で、恋の悲劇が歌われる。短歌形式に極限まで負荷をかけた試行と言えるだろう。

作者源俊頼（一〇五五～一一二九）は、「夕されば」の歌の大納言経信の子。父の清新な歌風をさらに進め、革新派の大歌人として、院政期に指導的立場にあった。『金葉集』撰者であり、歌論書『俊頼髄脳《ずいのう》』が知られる。俊成や定家にも大きな影響を与えた。

定家は『近代秀歌』で、この歌を「これは、心深く詞《ことば》心にまかせて、まねぶとも言ひつづけがたく、誠に及ぶまじき姿なり」と賞讃している。心が深く、言葉を心に委ねて、

到底真似のできない境地であるというわけだ。一つの理想像であろう。
また、俊頼は次の歌も知られている。

山桜さきそめしよりひさかたの
雲ゐに見ゆる滝の白糸

金葉集

〈山桜が咲いてから、遥かな雲の上に見える滝の白糸よ〉

山桜を天上の滝に喩《たと》えたものだが、「滝の白糸」が美の象徴であるかのような、神秘的で荘厳な一首である。定家はこれを「百人秀歌」に撰んでいる。「百人秀歌」は、「百人一首」とほとんど重なるが、後鳥羽院と順徳院が入っていず、俊頼の歌が異なっている。

しかし、「憂かりける」が「百人一首」で採り直されたのは、次の定家の一首を思えば、当然とも言えよう。

年も経ぬいのるちぎりははつせ山
をのへの鐘のよそのゆふぐれ

新古今集

〈私の恋も年を重ねた。逢うことを祈って夢の約束までした初瀬山の観音よ。ああそれなのに山上の鐘が告げるのは他者の恋の成就、私には何の関わりもない夕暮れだ〉

俊頼の「初瀬の山おろし」を初瀬山の寺（長谷寺）に転換し、さらに複雑霊妙な恋のドラマを構築した、魂の本歌取りである。

75　契り置きしさせもが露を命にて
あはれ今年の秋もいぬめり

藤原基俊《もととし》

〈頼みにせよと、させも草の古歌でお約束くださったのを、その草の露のような命のよすがにして参りましたが、はかなく今年の秋も過ぎてゆくようです〉　千載集

わが子律師光覚《こうがく》を、興福寺の維摩会《ゆいまえ》の講師《こうじ》にしてほしいと、前関白太政大臣《さきのかんぱくだいじょうだいじん》藤原忠通《ただみち》に頼んだところ、「しめぢの原の」という言葉を得た。「なほ頼めしめぢが原のさしも草《ぐさ》我《わが》世の中にあらむ限りは」という清水寺観音の古歌から、自分を信じて頼りにせよとの約束だった。しかし、その秋も選に漏れたので、恨みの一首となった。

不遇や逆境を嘆く歌は述懐歌という王朝和歌の一ジャンルになっている。それを知るまでは、この歌も恋の恨みとばかり信じていた。子を思う嘆きの歌と知って読めば、確かに心情はあわれである。だが、好きかと言われればためらう。

芝居好きの私は、歌舞伎役者の大見得のようなのが歌だという意識からどうしても抜けられないのである。考えようでこの歌もまた大見得なのかも知れないが、湿った心情がいやなのだ。とはいえ、先に見た三条院の「心にもあらでうき世に長らへば」のような、帝王の進退をめぐる切実な表白とまでなればいやではない。要は切羽詰まり方の違いだろう。

作者藤原基俊（一〇六〇〜一一四二）は、前の俊頼と同時代の歌壇の指導者で、こちらは伝統派だった。鴨長明の『無名抄《むみょうしょう》』に、俊頼と基俊の対立が描かれ、自分の学問を誇る基俊の人物像が浮き彫りにされている。相当アクの強い人ではあったようだ。歌にも人にもケチをつけたままでは悪いので、ほかの歌も見てみよう。

　　風にちるはなたちばなに袖しめて
　　　我《わが》思ふ妹《いも》が手枕《たまくら》にせむ　　千載集

〈風に散る橘の花の香りを袖に染み込ませて、私の恋い慕う妻の手枕の代わりにしよう〉

これは好きだ。風に散る花橘が新鮮で、ここまで爽やかな香りが伝わって来るような気がする。『万葉集』の本歌取りで、いかにも古典の素養が深い作者らしい。

　　けさ見ればさながら霜をいただきて
　　　おきなさびゆく白菊の花　　千載集

〈今朝見ると、あたかも霜を頭に載せて翁らしくなってゆく白菊の花よ〉

これも面白い見立てだ。白菊が老人のようだというイメージは現代でも通用しそうである。だが、俊頼は「おきなさびゆく」が古来の用例に反すると批判したという。なかなかむずかしいが、ここは基俊に味方したい。

76　わたの原漕ぎ出でて見れば久方の
雲ゐにまがふ沖つ白波　法性寺入道《ほっしょうじのにゅうどう》前関白太政大臣《さきのかんぱくだいじょうだいじん》

〈大海原に船を漕ぎ出して眺めると、沖の白波は、遥かな雲と見まがうばかり、雲も波も渾然一体となっている〉　詞花集

雄大な景を詠んだ秀歌である。雲と波がひとつになっているのは、風景描写を超えた世界観のようだ。崇徳院《すとくいん》在位中の会に、「海上遠望」の題で詠まれた。

わたの原潮路《しほぢ》遥かに見渡せば
雲と波とはひとつなりけり　**藤原頼輔《よりすけ》**　**千載集**

のような類想歌もあるが、表現の素晴らしさは断然この百人一首の歌が優れている。杜甫の七言律詩「小寒食舟中作」に、「春水ノ船ハ如シ二天上ニ坐スルガ一」（春の水に浮かべた船に乗っていると天上に坐っているようだ）とあるのを思わせる。

作者は前の基俊が恨んだ藤原忠通《ただみち》（一〇九七〜一一六四）。保元の乱に関わった大政治家である。保元の乱で敵となった崇徳院の歌がこの後に来るのも凄い。父忠実《ただざね》、弟頼長《よりなが》と対立して勝者となった忠通は、悪辣《あくらつ》な陰謀家という見方もあるが、本当はどうなのだろう。だが、忠通は文化人としても大きな力量を持ち、漢詩、和歌、書に秀でていた。しばし

ば歌合を催し、基俊、俊頼に歌の判（判定）をさせていたのである。

咲きしより散りはつるまでみしほどに
花のもとにて二十日《はつか》へにけり

〈咲いた時から散り果てるまで見ていた間に、花のもとで二十日も過ごしてしまったよ〉

詞花集

これはやはり崇徳院在位中に、牡丹を詠んだものだ。白居易《はくきょい》の詩句「花開《はなひらき》花落《はなおつ》二十日《にじゅうにち》」に拠る。そのまま歌にした形だが、調べがまっすぐで心に入りやすい。

あやしくもわがみやま木《ぎ》のもゆるかな
思ひは人につけてしものを

〈不思議にもこの身は人に顧みられない深山木《みやまぎ》の芽が萌えるように燃えるよ、思いの火はあの人につけたのに〉

詞花集

「みやま木」の、「身」と「深（山木）」が掛詞になっている。「思ひ」の「ひ」と「火」は常套的な掛詞だが、ここでは木の芽が萌えるのと対比されて、内なる炎が燃え上がるようなエロティックな魅力を持つ。この歌はかなり好きだ。

たとえ悪人であっても、歌が良ければそれでいいのだ。歌とは非情である。

俊頼、基俊、忠通、崇徳院を並べた定家もまた、非情なのだ。

77 瀬をはやみ岩にせかるる滝川の われても末に逢はむとぞ思ふ

崇徳院《すとくいん》

〈川の瀬が早いので、岩に堰《せ》き止められて分かれる滝川の水も、のちにはひとつになるように、あなたといったんお別れしてても末には必ず逢おうと思うのですよ〉　詞花集

上の句は「われても」を導く序詞と考えればすっと心に響く。山中の急流のイメージを比喩的に使って、別れてもきっと逢おう、と恋人に約束している。

落語にもこの歌を題材にした若旦那の恋の噺『崇徳院』があるので、何となく滑稽に思われるが、虚心に読むと非常に優れた恋の歌なのだ。

崇徳院（一一一九～一一六四）は保元の乱で敗れ、讃岐に流された悲劇の帝王として、あまりにも有名である。鳥羽天皇の第一皇子ではあるが、実は鳥羽の祖父白河法皇とその寵《ちょう》愛《あい》を受けた鳥羽天皇妃藤原璋子《しょうし》の子といわれる。そのため鳥羽・崇徳の父子関係は良好ではなかった。

崇徳天皇が譲位させられたのち、鳥羽法皇の意向で、皇太弟（異母弟）近衛天皇が即位し、崇徳院は院政を行う権力を奪われた。近衛天皇が没すると、崇徳院皇子重仁《しげひと》親王ではなく、崇徳院の同母弟後白河天皇が即位した。そして、鳥羽法皇が没した時、崇徳院は亡

き父との対面を拒絶された。ついに崇徳院は、藤原頼長、源為義《ためよし》らを従えて兵を挙げたが、時の運は院に味方しなかった。敗れた院は剃髪《ていはつ》するが、許されず、配流《はいる》となった。

そののち、仏教に深く帰依した崇徳院は、五部大乗経を写して朝廷に出すが、後白河院が呪詛《じゅそ》を恐れてこれを送り返したので、激怒した崇徳院はその後、髪を剃らず爪を切らず、生きながら魔道に堕《お》ちて大天狗になったという。

このような崇徳院の歴史と伝説を背景に読むと、百人一首の歌も、怨念を抱いたものに感じられるから、歌とは不思議なものだ。「われても末に逢はむとぞ思ふ」が、あたかも今に帝位に返り咲こうという意志のようにも読める。

しかし、崇徳院は詩歌を愛し、『詞花和歌集』を編纂させた風雅な院でもあるのだ。

山たかみ岩根の桜ちるときは
天《あま》の羽衣なづるとぞみる

〈山が高いので頂きの岩のもとの桜が散る時は、天人の羽衣が岩を撫《な》でるようだ〉新古今集

天人が三年に一度下りて来て岩を撫でるという仏説をふまえた、幻想的な一首である。百人一首も純粋に美しい恋の歌として読みたいが、やはり歌の背後から立ち昇る気のようなものは失せない。

歌は魔界の入り口でもあるのか。

78　淡路島通ふ千鳥の鳴く声に
幾夜寝覚めぬ須磨の関守

源兼昌《かねまさ》

金葉集

〈淡路島から通う千鳥の寂しい声に幾夜目を覚ましたことだろう、この須磨の関守は〉

「幾夜寝覚めぬ」という表現に古来論議があるらしいが、一応疑問と取っておこう。

「関路千鳥」という題で詠まれた。「須磨の関守」は神戸市須磨区に古くあった須磨の関の番人であるが、ここは『源氏物語』「須磨」の巻で、父桐壺院の死後、政治的に失脚して須磨に隠棲《いんせい》した光源氏のイメージが重ねられて、千鳥の鳴く冬の夜の侘しさの中にも優《ゆう》婉《えん》な気分が漂っている。源氏物語本文を引いてみよう。

「(前略) 例のまどろまれぬ暁の空に千鳥いとあはれに鳴く。

友千鳥もろ声に鳴くあかつきはひとり寝覚めの床もたのもし

また起きたる人もなければ、かへすがへす独りごちて臥《ふ》したまへり」

(いつものように、眠られぬまま明かされた暁の空に、千鳥がたいそう哀れに鳴いている。

友千鳥が一緒に鳴いているのを聴くと、夜明けまで独り目覚めていた寂しい床も心強く感じられる

ほかに起きている者もないので、繰り返し独り言を言って臥しておいでになる）

源氏物語では「友千鳥」と、複数の千鳥が鳴いているわけだが、百人一首の歌では千鳥は一羽なのか複数なのかわからない。一羽の方が侘しい情感が増すように思われるが、これは読み手次第である。

隠棲の孤独に眠ることのできない源氏の心を、物語は地の文で描写し、歌ではむしろ、「友千鳥」に励まされる趣になっているのだが、百人一首の歌は、地の文を取り入れた形である。

本歌取りの手法が、歌から歌へだけでなく、物語から歌へと広がった好例であろう。俊成・定家父子の最も得意とするところでもあった。調べの良さも魅力である。

作者源兼昌は生没年未詳。平安朝後期の貴族、歌人だが、家集は伝わっていない。『金葉集』などの勅撰集には七首採られているのみであるが、この須磨の関守の歌は、多くの派生歌を生み、後世に名を残した。

旅寝する夢路は絶えぬ須磨の関
かよふ千鳥の暁の声　　藤原定家
拾遺愚草

〈旅に寝る夢路は絶えた、須磨の関を通う千鳥の暁の声に目覚めて〉

さすがの定家も本歌には及ばない。兼昌、もって瞑すべしである。

79　秋風にたなびく雲の絶え間より
もれ出づる月の影のさやけさ

左京大夫顕輔《あきすけ》

新古今集

〈秋風にたなびいている雲の切れ目から、洩れ出ている月の光の、何という澄んだ美しさだろう〉

満月の輝きよりも時に印象的な雲間の月を見事に歌った。天界の景色の爽やかさといい、上の句から一気に詠み下した調べの勢いといい、間然するところのない名歌である。

作者藤原顕輔（一〇九〇～一一五五）は、父顕季《あきすえ》に始まる和歌の家六条家の出身で、時代を代表する歌人の一人である。崇徳院の命を受けて『詞花和歌集』を撰進した。

六条家は、『万葉集』を重んじて、古語を用いる衒学的《げんがくてき》な傾向があるといわれる。同じく歌の家である、俊成・定家父子の御子左家《みこひだり》とは対抗する間柄だった。

だが、定家は顕輔のこの歌ともう一首、父俊成の撰である『千載集』の

葛城《かづらき》や高間《たかま》の山のさくら花
　　雲井のよそに見てやすぎなむ

〈葛城の高間の山の桜花を、雲の彼方のものとして見過ごしてよいものかな〉という歌は『遣送本近代秀歌』に引いて評価していた。

現代では短歌は数多《あまた》の表現ジャンルのひとつで、好きな人だけが関わっている。だが、王朝時代は和歌が文芸の中心であり、天皇を戴く共同体の共通言語なのだから、昔の歌人たちは本当に歌に命を賭けていた。だから、職業歌人である歌の家同士の対立も深刻だったのだ。

さて、顕輔の自撰歌はどうだろう。『詞花和歌集』から引いてみよう。

よもすがら富士の高嶺に雲きえて
清見《きよみ》が関《せき》にすめる月かな

〈富士の高嶺には一晩中雲が消えて、清見が関に澄んだ月が見えるよ〉

「清見」に清く見えるという意味がこめられている。

私はこの歌も好きなのだが、歌合では判者の基俊から、夜もすがら雲が消えるという表現が不適切であり、富士は雲でなく煙を詠むべきだという理由で負にされた。煙が立つ富士山を知らない現代人にとっては驚きである。

とにかく定家は、顕輔の美意識には賛同しなかった。「清見が関にすめる月」のいわばこれ見よがしな輝きではなく、「もれ出づる月のさやけさ」の繊細微妙な美を敵ながら天晴れとして良しとしたのだ。

歌の家同士の火花が散るのが面白い。

80　長からむ心も知らず黒髪の乱れて今朝は物をこそ思へ

待賢門院堀河《たいけんもんいんのほりかわ》

〈行く末の長いあなたの心かどうかわからないから、この長い黒髪が乱れたように心も乱れて今朝の私は物を思うのです〉

千載集

男と逢った後朝《きぬぎぬ》の歌で、百人一首のうちでも官能性では随一かも知れない一首である。逢瀬に乱れた黒髪と恋人の心との両方に「長からむ」が掛かっている。

作者待賢門院堀河は、生没年未詳。崇徳院の生母である待賢門院璋子に仕えた。院政期の代表的女性歌人で、西行との交友も知られる。

男の訪れを待つ他ない貴族女性は、こうして黒髪の魅力で男の心を問うたのだろうか。そう思うと悲しい歌でもある。

黒髪の歌は、現代短歌では絶滅危惧種と言っていい。少なくとも恋の場面で女の黒髪が歌われることはなくなった。髪の色は人それぞれだし、黒髪と見えても、漆黒から濃い茶褐色まであるものだ。生まれつきカールした髪の人もいる。逆に考えると、まっすぐな長い黒髪が尊ばれた時代に、茶色がかった、縮れた髪の女性は、どうしていたのだろう。たとえば清少納言は髪が縮れているのを気にしていたようだ。

しかし、黒髪の代表歌といえば、すぐ思い浮かぶのが和泉式部の一首である。

黒髪の乱れも知らずうち臥せば

まづかきやりし人ぞ恋しき

後拾遺集

〈黒髪が乱れるのも構わずに床に倒れ臥すと、すぐ髪をかきあげてくれたあなたが恋しい〉

文字通りの逢瀬の場面である。肉体的な官能性といえば、待賢門院堀河の歌以上であろう。だが、ここには男にすがる不安な心は見られない。黒髪の官能に身を委ねてはばからない、おおらかさが和泉式部の特質である。その点、やはり例外的存在であったと言ってもいいのだろう。

この和泉式部の本歌取りをしたのが定家である。

かきやりしその黒髪のすぢごとに

うち臥すほどは面影ぞ立つ

新古今集

〈あなたはもういない、けれど私がかきあげたあなたの黒髪の一筋一筋が想い出されて、床に臥す面影が浮かんで来る〉

失った女の黒髪の官能が、滅びゆく王朝の美そのもののようだ。妖艶ここに極まれりである。

81　ほととぎす鳴きつる方《かた》を眺むれば
ただ有明の月ぞ残れる

後徳大寺左大臣《ごとくだいじのさだいじん》

千載集

〈ほととぎすの声が聞こえたその方を眺めると、姿はなくて、ただ白い有明の月が残っていたよ〉

ほととぎすは、和歌を初めとする日本の古典文学で偏愛された鳥である。初夏に南から渡って来て、夜中から明け方に鋭い声で鳴く。テッペンカケタカというのが鳴き声だそうだが、実は私はまだ聞いたことがない。

鳥は死者の魂だと信じられたが、とりわけほととぎすは他界からの使いとされた。また、激しい鳴き声が血を吐くイメージに重ねられ、結核にかかって子規すなわちほととぎすを名乗った正岡常規《つねのり》（升《のぼる》）の例もよく知られている。

とにかく夏が来たら、まず、ほととぎすの声を聞こうとして、昔の人々は必死だったのだ。

『古今集』の夏歌の部など、三十四首のうち、実に二十八首がほととぎすの歌である。

それほど愛されたほととぎすの歌の中で、この一首の良さは何だろう。まず、さらりとしてしつこくないのがいい。鳴いて血を吐くからと言って、あまりに仰々しく想いを述べられると却って白けてしまうところを、うまく切り抜けている。

待ちに待ったほととぎすの声は聞こえたが、ほととぎす自身はもういない。そこには冷たい有明の月が残っているばかりなのだ。聴覚から視覚に転換するところがスリリングで巧みである。

そして、何も書かれていないが、ここに、仄《ほの》かな恋の匂いが感じられる。それもくどくない、さりげない恋である。

一夜恋人をむなしく待っていた女のようでもあり、冷たい女との情事に失望した男のようでもある。甘美で洗練された貴族の恋だ。

古典和歌の中で、自然と恋は常に一体なのだ。そこが現代短歌にない魅力であり、再び取り入れたい遺産でもある。

定家はさりげないどころか、修辞の限りを尽くした豪奢《ごうしゃ》な歌の詠み手だったが、こういう歌も詠みたいと思って採った一首ではないだろうか。

作者は藤原実定《さねさだ》（一一三九〜一一九二）。『千載集』の撰者俊成の甥で、定家とは従兄弟に当たる。

歌の傾向は異なっても、才能の共通性はあったのかも知れない。

ほととぎすになりたい、と思わせる歌である。

82　思ひわびさても命はあるものを
憂きにたへぬは涙なりけり

道因《どういん》法師

〈無情な人を思って苦しい恋をしながらも、なお私は生きている、命はあるのに、つらさに堪えず、流れ落ちる涙というやつ〉　千載集

片想いに苦しんでも、生きていられる自分の不思議さ。その一方で、止められない涙の不思議さ。初めて恋をした若者のようでもあり、人生を知り抜いた人のようでもある。どちらにも読めるのが魅力だ。

千年経っても失せないリアリティに驚く。人間というものが、得体の知れない化け物のように思われる。精神と肉体の分裂などという理屈ではないが、生というものは一筋縄では行かない。悲しくてもごはんを食べるし、眠くなれば寝る。だが、思いがけない時に涙は溢れて来る。

前にもふれたが、古典和歌では、お坊さんも恋の歌をどんどん詠んでいる。事実か虚構かなどという問題は存在しないのだ。それに、お坊さんだって本当に恋もしただろう。女性に対しては不犯《ふぼん》でも、稚児という少年愛の文化もあった。

こういう歌の良さが、今回百人一首を読んでしみじみ胸に沁みるようになった。昔は平

凡だと、馬鹿にしていたような領域なのだが、ただの平凡ではなく、一周回って辿り着いた深みだと思うようになったのだ。これは進歩なのか堕落なのか、自分ではわからないところである。

作者道因法師（一〇九〇〜没年未詳）は、俗名藤原敦頼《あつより》。歌道に執心したことで知られる。鴨長明の『無名抄』によれば、七十、八十になっても、「秀歌よませ給へ」とお祈りするために、徒歩で歌の神様を祀る住吉神社に月詣でしたという。

俊成がその心に愛でて『千載集』に十八首を入れたのは、道因亡き後のことであったが、道因が俊成の夢の中に来て、涙を落として喜んだので、俊成も哀れに思ってさらに二首を加えて二十首にしたというから凄い。

一首引いておこう。

月のすむ空には雲もなかりけり
　うつりし水はこほりへだてて
千載集

〈月の澄む冬の空にはさえぎる雲もないのになぁ。秋の間にその月を映した水は、今は氷が隔てて月影も見えないよ〉

これはなかなかおしゃれな歌ではないか。単純だが真実である。この歌の方が私は好きだ。とにかく執念が実って百人一首にも撰ばれたのだから、志は持つべきものなのだろう。

83　世の中よ道こそなけれ思ひ入る山の奥にも鹿ぞ鳴くなる

皇太后宮大夫俊成《こうたいこうぐうだいぶしゅんぜい》

千載集

〈この世の中とは何というものか、逃れる道とてないのだよ、深く思いつめて入った山の奥にも妻を恋うる鹿が鳴くのだ〉

「世の中」はこの現世のすべてである。たとえ仏道に精進しようと決意して山の奥にこもっても、そこもまた、生きることの苦しみから逃れられない現世なのだ。

藤原俊成（一一一四〜一二〇四）は定家の父であり、『千載集』の単独撰者をつとめ、『新古今集』の歌人たちの支柱であった大歌人である。家集に『長秋詠藻《ちょうしゅうえいそう》』、歌論に『古来風躰抄《こらいふうていしょう》』がある。

感慨深い歌である。二十七歳頃の詠嘆と知ると早熟な魂に驚く。王朝末期の貴族の孤独な精神とはこのようなものだったのか。俊成は『千載集』に自撰し、定家もまた高く評価した。しかし、俊成ならば他にも香気高い名歌が数多あるはずだ。

俊成は九十一まで生きた長寿の歌人だが、私がいちばん好きなのは、八十代の建久六年（一一九五）春の歌である。

またや見む交野《かたの》のみ野《の》の桜がり

花の雪ちる春のあけぼの

〈生きてまた見ることがあるだろうか、交野の御野《みの》の桜狩で花が雪のように散るこの春のあけぼのを〉
新古今集

何という艶麗な調べだろうか。「またや見む」の初句切れの強い息遣いに、老いてなお身に残る愛執がこもっている。そして、下の句の「花」「雪」「春」「あけぼの」というこれ以上無い道具立てが見事に融け合って、あたかも後朝《きぬぎぬ》の景色のように官能的である。

生きてこんな美しいものをまた見られるだろうか、いや、必ず見よう、味わおうという老いのエロスだ。口ずさむとドキドキする。

定家も八十まで生きたが、晩年にこんな色気のある歌は詠んでいない。枯れた風情になっている。それをみずから良しとしたのか、または不本意であったか、本当のところはわからないが、この桜狩の歌は、『遺送本近代秀歌』には引いたものの、百人一首にはどうしても採りたくなかったのではないだろうか。父と子とはいえ、歌においては誰にもおのれを譲らなかった定家のことだ。妬ましいと思ったのではないか。

私にとって歌とはまず音楽であり、実存であり、そしてエロスである。この桜狩の歌にはすべてがある。

84　長らへばまたこの頃やしのばれむ　憂《う》しと見し世ぞ今は恋しき

藤原清輔《きよすけ》朝臣

新古今集

〈生き長らえたら今のこの頃をなつかしく思うのだろう、つらいと思った昔も今は恋しいのだから〉

本当に今つらいと感じていても、後から振り返ると意外に楽しい経験だったと思うことがあるものだ。私は学生時代がブラックホールで、自分が何をしたいのかわからず、真っ暗闇だったが、今になってみると、その迷いや悩みそのものがいとおしく感じられる。

しかし、それは過ぎ去ったから言えることで、時間と記憶の複合作用である。「失われた時」の美しさということだろうか。

作者藤原清輔（一一〇四〜一一七七）は、79番歌の顕輔《あきすけ》の子で、六条家の歌人である。父顕輔とは不和であったが、歌学に優れ、著書『袋草紙』が知られる。

老いらくは心の色やまさるらむ　年にそへてはあかぬ花かな

玉葉集

〈老いては心の色がまさるのだろうか、年を取るごとにますます見ても飽きない花であることよ〉

先に見た俊成の桜狩の歌のような、老いのエロスを花に寄せている。比べるとはるかに淡彩ではあるが、「心の色やまさるらむ」という発見が鋭い。

うす霧のまがきの花の朝じめり
　秋はゆふべとたれかいひけむ　　新古今集

〈薄霧の立ちこめたまがきの花のしっとりした朝の風情よ、秋は夕暮れなどと誰が言ったのか〉

「秋は夕暮れ」という『枕草子』の美意識に対して、秋は朝こそ良いと主張している。それが理屈めいたものでなく、上の句の流麗な調べで納得されるところがさすが巧者である。

父の顕輔は、なぜこの清輔を愛さなかったのだろう。俊成がわが子定家の天才を愛したことと比べて、悲しく思われるが、愛憎もまた歌の源なのだから仕方がない。はかない人間の心の葛藤も、何もかも、時間が押し流してくれるのである。

歳月はさぶしき乳《ちち》を頒《わか》てども
　復《ま》た春は来ぬ花をかかげて　　岡井隆『歳月の贈物』

塚本邦雄と並ぶ現代短歌の巨匠の歌を並べておこう。過去にさまざまなことがあってもまた「花をかかげて」新しい春はやって来る。そこに時間と記憶が融け合うのだ。

85　夜もすがら物思ふころは明けやらで閨《ねや》のひまさへつれなかりけり

俊恵《しゅんえ》法師

〈夜通し、来ない恋人を待って物思いにふけっている今日この頃は、なかなか夜明けにならず、閨の隙間さえも光が差し込まないつれなさよ〉

千載集

お坊さんが色っぽい歌を詠むのは珍しくないのだが、この歌は凄い。女に成り代わって詠まれているが、男を待って、空しく寝返りを打つ女の姿が目に見えるようである。「閨のひま」という言葉にドキッとしてしまう。あたかも夜明けの光が、待ちに待った男のようではないか。眠れない独り寝の夜がつらい、早く夜が明けてほしいという思いの裏に、やはりあなたに来てほしいという、強烈な性愛への希求があるのだ。

昔は、百人一首のかるた遊びで、子どもたちが意味も知らずにこんな歌を口ずさんだと思うと、目が眩《くら》むようだ。文化というのはそういうものだろう。

作者俊恵（一一一三〜没年未詳）は74番歌の源俊頼《としより》の子。京の白河に歌林苑《かりんえん》という房を構えて、しばしば歌会や歌合を行った。鴨長明は門下であり、長明の歌論書『無名抄』に師の俊恵の言葉もさまざまに記されている。

俊恵は、長明と師弟の契りを結ぶに当たって、人に認められた歌詠みになっても、決して思い上がった素振りを見せてはいけない、風情もこもって姿も素直な歌こそいつまでも飽きずに鑑賞できるものだ、自分は今となっても、ただ初心のように歌を考えているのだ、と述べている。

後の能の世阿弥の「初心忘るべからず」にもつながるような興味深い言葉である。「閫のひまさへ」というような迫真の表現は、その初心から生まれたものなのだろうか。

俊恵のほかの歌を見てみよう。

ながめやる心のはてぞなかりける
明石のおきにすめる月かげ
千載集

〈眺めている心の果てというものはないのだよ、明石の沖に澄んでいる月を見ていると〉

「海辺の月といへる心をよめる」で題詠だが、題を突き抜けた人間的な実感がある。「心のはてぞなかりける」が、あっさり言われたようでいて、限りなく深い。

初心を保って精進すれば、こんな素晴らしい歌が詠めるのか。嘘でしょう、それだけではないでしょう、もっと教えてくださいと言いたいが、あとは自分で考えるほかないのだろう。

86　嘆けとて月やは物を思はする
かこち顔なるわが涙かな

西行法師《さいぎょう》

千載集

〈嘆けと言って、月は私に物を思わせるのか、いやそんなことはない、本当は恋ゆえなのに、まるで月のせいで流れるような私の涙よ〉

ついに西行（一一一八〜一一九〇）である。俗名佐藤義清《のりきよ》。鳥羽院に仕えた北面《ほくめん》の武士だったが、二十三歳で出家し、吉野など、諸国を遍歴した。花と月をこよなく愛し、その心をひたむきに歌った。『新古今集』の代表的な歌人であるが、華麗な技巧を誇る新古今の作風とは対照的な精神性を持つ。俳諧の芭蕉はこの西行を深く追慕した。

月のせいではないと言いながら、月が恋人のようでもある。あるいは相手は、月のようにはるかな高貴の人なのだろうか。すると、西行の憧れの人だったという、崇徳院の母、待賢門院の面影が浮かんで来る。

西行も自歌合《じかあわせ》『御裳濯河歌合《みもすそがわうたあわせ》』に採った自信のある歌であり、定家も高く評価していた。

だが、西行といえば、いくらでも名歌があるのだ。定家がこの歌にしたのはなぜだろう。

たとえばまず、良暹法師のところで引いた

心なき身にもあはれは知られけり

鴫《しぎ》立つ沢の秋の夕暮

これまた『御裳濯河歌合』に西行が採った自信作であり、上の句の圧倒的な表現は、芝居がかっているとも言えるが、やはり読む者を打たずにはおかない。「心なき身」にも迫って来る世界の「あはれ」とは何なのか、考えずにはいられないのだ。『御裳濯河歌合』の判を乞われた俊成も負にはしたものの、「しぎたつさはのといへる、心幽玄にすがたおよびがたし」（歌の心が言いがたく深い、姿が及びがたく高い）と認めている。

そしてもう一首。

年たけてまた越ゆべしと思ひきや
　　命なりけりさ夜の中山
新古今集

〈年老いて、また越えるだろうと思ったであろうか、これも命あってのことだ、佐夜《さや》の中山を再び越える身よ〉

「命なりけり」の響きは限りなく重い。人間存在の根源の叫びである。

定家にとって、西行は、尊敬する大先輩であると共に、死後も最大のライバルであっただろう。心に迫る西行の歌を良しとすれば、言葉を極北まで構築する定家の歌は、ある意味で児戯に等しいという見方もできるからだ。その緊迫感は、父俊成との関係以上に切実だったに違いない。西行か定家か。これは究極の文学の問いであろう。

87　村雨《むらさめ》の露もまだ干《ひ》ぬまきの葉に

霧立ちのぼる秋の夕暮

寂蓮《じゃくれん》法師

〈村雨が降ったあと、その露もまだ乾いていない真木の葉に霧が立ちのぼる秋の夕暮れよ〉

新古今集

村雨はにわか雨。真木は美称で、杉、檜、槙などの総称。雨上がりの秋の夕暮れの空気感が伝わって来る、繊細な叙景歌である。

寂蓮（一一三九頃〜一二〇二）は、俗名藤原定長《さだなが》。俊成の弟、阿闍梨俊海《あじゃりしゅんかい》の子で、俊成の養子となったが、俊成の実子定家が天才の片鱗を見せ始めると、出家して身を引いた。『新古今集』撰者の一人だが、撰進前に没した。

寂蓮も秀歌が多い。

くれてゆく春のみなとは知らねども

霞におつる宇治の柴舟

新古今集

〈暮れゆく春の帰る湊《みなと》は知らないが、夕霞に落ちるような宇治の柴舟の行方がそれかと思われる〉

「霞におつる」が独創的である。宇治の川面に立ちこめる霞のために、舟が下るのではなく、霞の中に落ちて行くと見た。春の終わりの寂しさに、自分も共に落ちて行きたいと思うのは私だけだろうか。

64番歌の定頼のところでも述べたが、宇治といえば、『源氏物語』「宇治十帖」が頭に浮かぶ。そして、この歌から連想するのは能『浮舟』である。前《まえ》シテの里女が宇治の柴舟の女舟人で、後《のち》シテになって浮舟の霊の本体を現わす。詞章には引かれていないが、イメージはぴったりだ。能作者の頭にはこの歌があったのではないか。

また、忘れてはならないのが、西行、定家と並んで新古今「三夕《さんせき》の和歌」に入れられた次の一首だろう。

さびしさはその色としもなかりけり　真木立つ山の秋の夕暮

〈この寂しさはどこから来るともわからない、真木の立つ山の秋の夕暮よ〉

「色」は広く「物」一般と考えられる。「真木」は杉や檜の美称である。理由のない秋の孤愁をやわらかく素直に詠んだ一首で、これが百人一首に採られていてもおかしくない。西行、定家の歌がよく知られているのに比べて、あまり語られないのが残念だ。

寂蓮、不思議に共感できる歌人である。潔く身を引いた生き方も好きだ。

88　難波江《なにはえ》の蘆《あし》のかりねのひとよゆゑ　みをつくしてや恋ひわたるべき

皇嘉門院別当《こうかもんいんのべっとう》

千載集

〈難波の入江の蘆の刈根の一節《ひとよ》のように、短い旅の一夜の仮寝の契りのために、この命を尽くして恋い続けるのでしょうか〉

皇嘉門院別当は生没年未詳。父は源俊隆《としたか》。権力者藤原忠通の娘で崇徳天皇の皇后皇嘉門院に女房として仕えた。のちに出家。

この歌は、歌合に「旅の宿りに逢ふ恋」という題で詠まれた。旅先でかりそめの契りを結んだという、物語のような場面である。近世の歌舞伎や人形浄瑠璃ならよくある話だが、王朝の貴族の女性にとっては、全くの絵空事だろう。しかも、逢えない悲しみを歌うのが常道の恋の歌で、恋の成就を歌うのは思いのほかにむずかしい。

恋の成就を歌った名歌と言えば、百人一首では、男なら敦忠《あつただ》の「逢ひ見ての後の心に比ぶれば昔は物を思はざりけり」だろう。義孝の「君がため惜しからざりし命さへ長くもがなと思ひけるかな」もいい。女なら、儀同三司母の「忘れじの行末まではかたければ今日を限りの命ともがな」が絶唱である。あるいは待賢門院堀河の「長からむ心も知らず黒髪の乱れて今朝は物をこそ思へ」だ。みな後朝《きぬぎぬ》の歌で、男は逢うまでの過去を振り返って逢瀬の歓喜をかみしめ、女は愛ゆえに未来の不安におののく。

しかし、皇嘉門院別当の歌は、このパターンとは違う。未来の不安ではなく、ほんのかりそめの契りのために、私はこのまま一生あの人を愛し続けるのか、本当にそれでいいのかと自分に問いかけているのが独特である。他の歌も見よう。


忍び音《ね》の袂《たもと》は色に出《い》でにけり　心にも似ぬわが涙かな

千載集

〈声を忍んで泣いていた私の袂は血の涙に染まり、秘密の恋も人に知られてしまった、忍ぼうとする心にも似ない私の涙よ〉

これも、「心にも似ぬわが涙かな」で、心と身体の分裂を歌っているのが面白い。

皇嘉門院別当の歌にはなぜか現代の匂いがするのだ。シチュエーションは異なるがこんな歌を連想する。


曇天に火照った胸をひらきつつ　水鳥はゆくあなたの死後へ

大森静佳『カミーユ』

かりそめの愛ではないパッションをうたいながら、どこかしんしんと目覚めている「水鳥」が怖い。

「みをつくしてや恋ひわたるべき」の問いの答えは、私ならノーだと思う。

89　玉の緒よ絶えなばえねながらへば忍ぶることの弱りもぞする

式子内親王《しょくし》

新古今集

〈私の命よ、絶えるならば絶えてしまえ、生きながらえていたら、思いを忍ぶ心の力も衰えて、ついには人に知られてしまうだろうから〉

あまりにも有名な一首である。「玉の緒よ絶えなば絶えね」という調子の高く張った命令形は、子どもも心にも強烈な印象で忘れられなかった。だが、そのあとは、「ながらへば忍ぶることの弱りもぞする」と人間的な弱さを見せるのが哀切である。

どんな恋の場面で詠まれた一首かと思ってしまうが、これは「忍ぶる恋」の題詠である。しかも、「忍ぶる恋」とは、一般的に男のものだった。恋の初めに、男が女にひそかに思いを寄せるのが「忍ぶる恋」なのだ。つまり、この名歌は、男に成り代わって詠まれたということになる。男装の麗人の気品高く凛々《りり》しいイメージが浮かんで来る。

作者式子内親王（一一五二頃〜一二〇一）は、後白河院の皇女。歌は俊成を師とした。高貴な身分であり、賀茂斎院《さいいん》を長くつとめたこともあって、現実の恋愛は不可能であったとも思われるのだが、恋の歌の素晴らしさゆえに、人々はこの歌人の心の奥底に秘められた恋を想像して来た。

古来、思いびとに想定されていたのは、百人一首の撰者定家その人である。実際、定家の日記『明月記』には、内親王のもとに参上した記録がいろいろある。また、定家も恋の歌の名手だった。その恋の対象が内親王であったと見られたものか。

金春禅竹《こんぱるぜんちく》の傑作の能『定家』では、内親王の亡霊が、葛《かずら》となった定家の妄執に絡みつかれて苦悶する、凄絶なドラマが展開する。定家葛に身を呪縛された内親王は、死後まで続く定家の執拗な愛に歓喜しているようにも見えるのだ。

そして、現代では、法然上人が面影びとであったという説もある。いずれにしても、残された内親王の歌は美しい。

次のような天上的な清らかな調べも、式子内親王独特のものなのだ。

ほととぎすそのかみ山の旅枕
ほのかたらひし空ぞわすれぬ
新古今集

〈ほととぎすよ、その昔、賀茂山で旅寝した折りに、ほのかに語らった空が忘れられない〉


これは賀茂斎院時代の回想だが、ほととぎすが天界の恋人のようである。

内親王が、本当に恋をしたかしないか、など問題ではないのだ。定家は内親王自身ではなく、その歌に恋をしただろう。

90 見せばやな雄島《をじま》のあまの袖だにも 濡れにぞ濡れし色は変はらず

殷富門院大輔《いんぷもんいんのたいふ》

千載集

〈血の涙でくれないに染まった私の袖をあなたにお見せしたい、あの松島の雄島の海女の袖でさえ、濡れに濡れていても、色までは変わらないのですよ〉

松島の雄島は陸奥国の歌枕。雄島の海女の袖がいつも濡れているというのは、和歌の世界に共有されたイメージだった。本歌として、『後拾遺集』源重之の「松島や雄島の磯にあさりせし海女の袖こそかくは濡れしか」（あの松島の雄島の磯で漁をする海女の袖こそ、この私の袖のように濡れていたでしょうか）がある。

さらに、血の涙すなわち紅涙によって袖の色が変わるという、漢詩の伝統を踏まえて詠まれた一首である。精緻なレトリックで、つれない恋人に怨みをぶつけている。「見せばやな」という初句切れの思い入れの強さでまず人を惹きつける。「濡れにぞ濡れし色は変はらず」と畳みかけてゆく下の句も見事である。題詠だが、臨場感がある。

殷富門院大輔は生没年未詳。正治二年（一二〇〇）頃、七十歳くらいで没かとされる。藤原信成の娘。後白河院の皇女亮子《りょうし》内親王のちの殷富門院に仕えた。俊恵《しゅんえ》の歌林苑の会衆であった。女房の中でも歌の上手として知られた。

あすしらぬ命をぞ思ふおのづから
あらば逢ふよを待つにつけても　新古今集

〈明日をも知れない命をしみじみと思う、万が一にも生きていれば逢う時もあるかも知れない、と待つ心でなおさら〉

逢いたさゆえに一層人の命の儚《はかな》さが悲しいのである。万が一にもという、「おのづから」が効いている。人間的な実感がこもっている。

殷富門院大輔、さすがの力量である。定家の評価も高く、定家単独撰の『新勅撰和歌集』には十五首もの歌が採られている。ねっとりした情念が定家好みなのかも知れない。私はといえば、尊敬するが、ちょっと怖いような気がする。見せばやな、と迫られたら、ごめんなさいと逃げて行きたい。

現代短歌ではたとえば「待つ女」のこんな歌がある。

妻を得てユトレヒトに今は住むといふ
ユトレヒトにも雨降るらむか　大西民子『印度の果実』

去った夫を待ち続ける歌だが、くりかえされる「ユトレヒト」の音韻が切ない。

殷富門院大輔の歌が虚構だったのに対して、大西民子の一首は実人生を反映している。古典和歌と近現代短歌との違いがよくわかる。

91 きりぎりす鳴くや霜夜のさむしろに
衣かたしきひとりかも寝む　後京極《ごきょうごく》摂政前太政大臣

〈こおろぎが鳴いている、この霜の降りる寒い夜のむしろに、衣の片袖を敷いてひとり寝るのだろうか〉

新古今集

「きりぎりす」はこおろぎの古名。「さむしろ」は、「むしろ」に狭いという意味の接頭語の「さ」が付いたものだが、「寒し」と掛詞になっている。「衣かたしき」は、恋人と共寝の時に互いの袖を敷くのに対して、独り寝の寂しさを表す。だが、調べは流麗で美しい。

本歌はいろいろある。『古今集』の「さむしろに衣かたしきこよひもやわれを待つらむ宇治の橋姫」（むしろに衣を片敷いて今宵も私を待っているだろう、宇治の橋姫よ）もそのひとつで、「待つ女」を想像している。これを本歌とすると、一首は両性具有的な匂いを帯びる。

また、はるかに遠い柿本人麻呂の百人一首の歌「あしびきの山鳥の尾のしだり尾の長々し夜をひとりかも寝む」も本歌と言えよう。

作者後京極摂政前太政大臣は、藤原（九条）良経《よしつね》（一一六九〜一二〇六）。最高貴族であり、歌、漢詩、書に優れた当代の文化人。歌は俊成を師として、定家と共に『新古今集』の新風の中心となった。惜しくも夭折《ようせつ》したが、玲瓏《れいろう》とした調べと卓抜な技巧は定家に優るとも劣らない魅力を持つ。

幾夜われ波にしほれて貴船川《きぶねがは》
そでに玉散るもの思ふらむ　新古今集

〈幾夜私は波に濡れて貴船川を渡り、袖にも涙の玉そして魂を散らし、心もあくがれ出るばかりの物思いをするのだろう〉

建久四年（一一九三）自身が主催した六百番歌合の一首である。

和泉式部の有名な「物思へば沢の蛍もわが身よりあくがれ出《い》づる魂《たま》かとぞ見る」（物思いをしているときらきら光る沢の蛍も私の身からあくがれ出た魂かと見る）に対して「男の声にて和泉式部が耳に聞えけるとなんいひ伝へたる」貴船明神の返歌「奥山にたぎりて落つる滝つ瀬の玉ちるばかり物な思ひそ」（奥山にたぎり落ちる急流から波の玉が散るように魂が砕け散るまで物を思うな）（『後拾遺集』）を本歌とする。

しかし、より切迫した恋の「物思ひ」は、この二首を合わせてなお余る、高貴で透明な抒情を湛《たた》えている。絶唱と言えよう。私ならこれを採る。

綺羅《きら》星のような歌人たちが並ぶ新古今集だが、良経は本当に素敵だ。歌の神様は彼に老残の日々を与えなかった。それで良かったのだと切に思う。

92　わが袖は潮干《しほひ》に見えぬ沖の石の
人こそ知らね乾く間もなし

二条院讃岐《にじょういんのさぬき》

千載集

〈私の袖は、潮が引いた時でさえ人に見えない沖の石のように、恋に悩む涙で、乾く間もない〉

上の句はすべて比喩で、「人こそ知らね」を導く序詞である。「石に寄する恋」という題詠の傑作なのだ。自然描写が巧みで、比喩としても卓抜である。

作者讃岐（一一四一頃〜一二一七頃）は源頼政の娘。この歌で「沖の石の讃岐」と呼ばれるようになった。

さて、実はこの歌は和泉式部の次の歌の本歌取りである。

わが袖は水の下なる石なれや
人に知られで乾く間もなし

和泉式部集

〈私の袖は水の下の石なのか、人には知られないけれど、涙に濡れて乾く間もない〉

和泉式部としてはごく普通の歌だ。下の句は讃岐の歌とほとんど同じである。讃岐の手柄は、単なる「水の下の石」を、「潮干に見えぬ沖の石の」と、具体的に描写したことである。これで、「石」が一首の中で、抜き差しならない必然性を持った。だからこそ、百人一首にも撰ばれて千年を超える生命を保っているのだ。

一方、和泉式部の本歌は忘れ去られている。和泉式部にはいくらでも名歌があるから、この一首など忘れられてもどうということはないだろうが、歌とは恐ろしいものである。

また、讃岐の父の頼政にもよく似た歌がある。

　　潮満つ磯の石ならなくに
ともすれば涙に沈む枕かな
〈ややもすると苦しい恋の涙に沈むほどの枕よ、潮が満ちた海岸の石ではないのに〉
頼政集

これは「袖」ではなくて「枕」だが、潮と石のアイデアの萌芽は既に出ている。「沖の石の」の歌は、過去のいろいろな歌の断片のコラージュだということがわかる。だからといって、一首の値打ちが下がることはない。最終的に誰が生命を吹き込んだかの勝負なのだ。

コラージュだろうがオリジナルだろうが、どんな方法であれ、千年残る歌が一首でも詠めたら、死後は地獄に堕ちてもいいと、歌人なら誰もが願うのではあるまいか。

私は願っている。

93 世の中は常にもがもな渚漕ぐ　あまの小舟《をぶね》の綱手《つなで》かなしも

鎌倉右大臣《かまくらのうだいじん》

新勅撰集

〈世の中は常に変わらないものであってほしいものだ、渚を漕ぐ漁師の小舟が引かれて行く綱を見ても、しみじみと思われる〉

「もがもな」は願望を表す。「綱手」は船につないで引く綱。「かなしも」は、「愛《かな》し」プラス詠嘆の助詞「も」で、しみじみと心に沁みる、いとおしいの意。

本歌としては、『万葉集』の「河の上《へ》のゆつ岩群《いはむら》に草生《む》さず常にもがもな常処女《とこをとめ》にて」(河のほとりの聖なる石の群には草も生えない、そのように、永遠に少女のままでいてください)や、『古今集』の「陸奥《みちのく》はいづくはあれど塩釜《しほがま》の浦漕ぐ舟の綱手かなしも」(陸奥はどこと言っても、塩釜の入江を漕いで行く舟の引き綱がしみじみと心に沁みる)が挙げられる。しかし、この二首の本歌のいずれよりも、この歌は詠嘆が深く、悲しいと思ってしまうのは、作者の運命を知っているからだろうか。

作者は源実朝《さねとも》(一一九二～一二一九)。源頼朝と北条政子の子。鎌倉幕府の三代将軍である。甥に当たる公暁《くぎょう》によって、鎌倉(鶴岡)八幡宮で暗殺された。享年二十八。家集『金槐和歌集』がある。歌は定家に学んだ。

定家は実朝に自身の歌論『近代秀歌』（遣送本）そして『万葉集』を与えている。

実朝の歌は、当時から師の定家をはじめとして評価が高かったが、契沖《けいちゅう》を経て賀茂真淵《かものまぶち》の絶讃ののち、近代になって、正岡子規が万葉調復活戦略の一環として、さらに大々的に称揚した。

しかし、実朝の歌が本当に万葉調であったかどうかは、議論のあるところで、王朝風のたおやかな歌も多いのである。だが、同時代の京の都の歌人たちにはない、独特の味わいがあることはたしかだ。

箱根路《はこねぢ》をわが越えくれば伊豆の海や
沖の小島に波の寄るみゆ
続後撰集

〈箱根の山道を越えて来ると、伊豆の海が視界に広がって、沖の小島に波が寄せるのが見える〉

これはよく知られていて、大好きな歌だ。山から遠望した沖の小島に波の寄せるのが見えるわけはないが、ありありと見えるようなリアリティがある。一種のスーパーリアリズムと言ってもいいかも知れない。明るい風景だが、どこか澄みわたって寂しい。

「アカルサハ、ホロビノ姿デアラウカ。」と、『右大臣実朝』で、平家の滅亡について実朝に言わせた太宰治は、さすがだと思う。

94　み吉野の山の秋風小夜《さよ》ふけて
ふるさと寒く衣《ころも》うつなり

参議雅経《まさつね》

〈吉野山の秋風が吹き下ろし、夜も更けて、歴史の古いこの里に、衣を打つ砧《きぬた》の音が寒々と聞こえて来る〉

新古今集

吉野は古来の歌枕だが、これは、名高い雪でも花でもなく、砧を打つ音だけに焦点を当てた。

本歌は『古今集』の坂上是則《これのり》「み吉野の山の白雪つもるらし古里寒くなりまさるなり」（吉野の山には真っ白な雪が積もっているようだ、麓の奈良の都はいよいよ寒くなって来た）。こちらは雪がモチーフで、「古里」は奈良の都だが、雅経の歌では、「ふるさと」は吉野の里である。雅経は本歌を取りすぎだという批判もあったようだが、この一首は心にしみる歌だと思う。

砧を打つ行為は、女が男を待ち侘びる閨怨《けいえん》の情に重ねられることが多いが、この歌はあえてそうしたエロスの面を捨象して、聴覚のみによって秋の寂しさを表現することに主眼を置いている。

作者は飛鳥井《あすかい》雅経（一一七〇～一二二一）。『新古今集』撰者の一人。和歌と蹴鞠の家である飛鳥井家の祖となった。後鳥羽院の近臣であり、鎌倉幕府とも親交が深かった。

ちなみに、新古今集でこの後に配された歌は、式子内親王の「千《ち》たびうつ砧のおとに夢さめてものおもふ袖の露ぞくだくる」（千たびも打つ砧の音に夢が覚めると、乱れる恋の物思いに袖の涙の露が玉とならずに砕け散る）という、凄まじい片恋の情念に満ちた秋の歌で、同じ砧を詠みながら、見事な対照である。

では、雅経の恋の歌はどうかといえば、たとえば次の一首。

見し人のおもかげとめよ清見潟《きよみがた》
袖にせきもる浪のかよひ路《ぢ》

新古今集

〈恋しいあの人の面影を映して見せてくれ、清見潟よ、清見が関にふさわしく、激しい涙の波を袖の関にせきとめて〉

「清見潟」は駿河国《するがのくに》の歌枕。そばに79番の顕輔の歌で出て来た清見が関がある。恋人の面影が袖の涙に浮かぶ情景を、歌枕を入れて歌っている。技巧的だが、「見し人のおもかげとめよ」には真に迫った恋心が感じられる。「清見潟」から、清らかで美しい女性のイメージが立ち昇って来るのも面白い。題詠だが、うっとりさせられるような一首だ。

研ぎ澄まされた感覚の持ち主だったのだろう。蹴鞠にも優れていたことから、『源氏物語』の貴公子柏木が連想される。

95　おほけなくうき世の民《たみ》におほふかな　わが立つ杣《そま》に墨染《すみぞめ》の袖

前大僧正慈円《じえん》

千載集

〈わが身の分《ぶん》に過ぎたことだが、憂き世に住む人々に私の墨染の袖を覆いかけるよ、比叡山に住むことになって〉

「おほけなく」は、分に過ぎた、の意。「わが立つ杣」は、比叡山延暦寺のこと。最澄が延暦寺の根本中堂《こんぽんちゅうどう》を建てた時の歌と伝える「阿耨多羅三藐三菩提《あのくたらさんみゃくさんぼだい》の仏たちわが立つ杣に冥加《みょうが》あらせ給へ」（最高の智慧をお持ちのみ仏たちよ、中堂を建立するために、私が立つこの杣に加護をお与えください）（『和漢朗詠集』『新古今集』）による。

慈円と改名した二十代後半の作かと言われる。仏法による衆生救済の決意を高らかに表明した一首である。

作者慈円（一一五五〜一二二五）は、藤原忠通の子。91番歌の藤原（九条）良経は甥に当たる。天台座主となり、新古今集の代表的な歌人であった。史論書『愚管抄』が名高い。家集に『拾玉集《しゅうぎょくしゅう》』。

近づきがたいイメージだが、歌は美しい。

わが恋は松を時雨の染めかねて

真葛《まくず》が原に風さわぐなり

〈私の恋は松を時雨が染められないように、おもてには出さずにいて、真葛が原に風が吹き騒いで葉の裏を見せるように激しく怨んでいるのですよ〉　新古今集

「真葛が原」は地名ではなく、葉裏を見せる、「裏見」すなわち「怨み」を引き出すための修辞である。

「松」は当然「待つ」の掛詞である。とすれば「待つ女」の歌であろう。

「わが恋は松を時雨の染めかねて」と流麗な中にも苦しさを伝える調べに始まり、「真葛が原に風さわぐなり」でとどめを刺す形だ。

暁のなみだや空にたぐふらん
袖におちくる鐘の音《おと》かな

〈暁の別れに流す私の涙が空と感じ合うのだろうか、涙と共に袖に落ちて来る鐘の音よ〉　新古今集

これはまたスケールの大きい不思議な歌である。自分の涙が宇宙と感応して、鐘の音になって落ちて来るという、詩人の想像力を全開にした一首。

慈円、ひそかに恋してしまいそうである。み仏もお許しくださるに違いない。

96 花さそふ嵐の庭の雪ならで
ふりゆくものはわが身なりけり

入道《にゅうどう》前太政大臣

新勅撰集

〈花を誘って散らす嵐の庭には、花が雪のように降るが、降りゆく、すなわち古《ふ》りゆくものは、雪ではなくわが身なのだよ〉

「降り」と「古り」の掛詞が一首の鍵で、華麗な花吹雪を歌う上の句から、一転して白髪の老いたわが身を振り返る。述懐の秀歌である。

作者は藤原（西園寺）公経《きんつね》（一一七一～一二四四）。従一位《じゅいちい》、太政大臣。鎌倉幕府四代将軍の祖父、五代将軍及び四条天皇、後深草天皇、亀山天皇の曾祖父である。姉は定家の後妻。

承久の乱（一二二一）に際して、後鳥羽上皇の倒幕の企ての情報を幕府に流したという、辣腕《らつわん》の政治家であり、処世に機敏な生き方は奸物《かんぶつ》とも評された。

しかし、稀有《けう》な権力者にしてなお、逃れられない、老いという人間の定めに対峙した一首は、やはり感動的である。類想の歌も多い中で出色と言えよう。

定家としても、鎌倉幕府との関係や自身の妻との縁もあって、この人は落とせなかったのであろうが、さすがに歌は優れている。

ほかの歌はどうか。

こひわぶる涙や空にくもるらん
光もかはるねやの月かげ　新古今集

〈恋い焦がれてもう疲れてしまった私の涙のせいで空が曇るのか、いつもとは違う月光が独りの閨《ねや》に差して来たよ〉

これは面白い歌だが、先に見た慈円の「暁のなみだ」のような本当に宇宙的な迫力は無い。「光もかはる」のアイデアで勝負という感じだ。

あはれなる心の闇のゆかりとも
見し夜《よ》の夢をたれかさだめん　新古今集

〈私の悲しい心の闇と関わりがあるなどと、一夜の夢を誰が定められるでしょう、あなただけにはそれができるのですよ〉

これも「心の闇」でドキッとするが、在原業平の有名な本歌があるのだ。

「かきくらす心の闇にまどひにき夢うつつとは世人《よひと》定めよ」（思いを暗くする心の闇に迷った私です、あの逢瀬が夢なのかうつつなのか、相手のあなたが決めてください）（『古今集』『伊勢物語』）である。本歌が抜群に良いので、本歌取りの方は、二番煎じの感を免れない。

やはり、百人一首の歌は、公経生涯の名歌ということになるのではないだろうか。

97　来《こ》ぬ人をまつほの浦の夕なぎに
焼くや藻《も》塩《しほ》の身もこがれつつ

権中納言定家《ていか》

〈来てくれないあの人を待つ、その松帆の浦の夕なぎ頃に焼く藻塩のように、わが身は恋い焦がれているのです〉

新勅撰集

撰者定家（一一六二〜一二四一）の自作である。

得意の、待つ女に成り代わって詠んだ歌だ。「待つ」と淡路島の歌枕「松帆の浦」の掛詞や、「こがれつつ」に恋い焦がれるのと藻塩が焼き焦がれるのと二重の意味があることが意味上の鍵だが、それ以上に一首の魅力は、言うに言われない調べの美しさにあると思う。「来ぬ人をまつほの浦の夕なぎに」と流麗な上の句が読み上げられただけで、意味もわからないのに、身の内がぞくぞくするような快感を味わったものだった。人間の無意識に訴えかける美なのである。

男が女に成り代わって詠むのはなぜかと言えば、自由に女のもとを訪れられる男に比べて、待つのみの女の方が、格段に恋の物思いが深かったということから、表現意欲をそそられたのではないだろうか。

では、定家のよく知られた歌を引いてみよう。

春の夜の夢のうき橋とだえして
峰にわかるるよこぐもの空

〈源氏物語五十四帖の果てのような、春の夜の夢の浮橋がとぎれて、ふと目覚めるとはるかな峰によこぐもが分かれて行く空よ〉新古今集

「夢浮橋」は『源氏物語』の最後の巻名である。そのさまざまな恋と「物思ひ」を、一身に受けとめて分かれて行くような峰のよこぐもは、天に浮かんだ裸身を想わせる。言葉のエロスの極まった一首である。

駒とめて袖うち払ふかげもなし
佐野のわたりの雪のゆふぐれ

〈馬を止めて袖をちょっと払うような物陰も無い、佐野のあたりの雪の夕暮れよ〉新古今集

行き悩んでいる旅人の姿だが、墨絵のような風景はあくまで優雅である。風景の一部になった人間は、心という化け物がそっくり剝ぎ取られたようでもある。

定家の歌には人間が不在だという批判があるが、心をみずから捨て去る心こそ、計り知れない情熱ではないだろうか。

「来ぬ人を」の一首も、恋に悩む女の心を歌いつつ、実はもうひとつ上の次元の表現に達しているような気がする。心を歌いつつ心を捨て去る、美の求道者が定家なのである。

98　風そよぐならの小川の夕暮は
　　みそぎぞ夏のしるしなりける
従二位家隆《いえたか》

〈風が楢《なら》の葉を吹くならの小川の夕暮れは、爽やかで秋のようだが、水無月祓《みなづきばらえ》のみそぎだけが夏のしるしなのだよ〉
新勅撰集

「なら」は植物の楢と上賀茂神社を流れる御手洗川《みたらし》を指す「ならの小川」を掛けている。「みそぎ」は水無月祓で、六月の晦日《みそか》に川原でけがれを浄めることである。

一読して涼風が吹いて来るようだ。重い意味を詰め込まず、空気感だけを伝えるこうした歌もまた魅力的だ。

これも超絶技巧の定家の後だけに対照が引き立つ。

作者藤原家隆（一一五八〜一二三七）は『新古今集』撰者の一人。平明温和な作風で知られるが、承久の乱ののちも、隠岐に流された後鳥羽院に忠節を尽くした気骨のある人物だ。

花をのみ待つらん人に山里の
　雪間《ゆきま》の草の春を見せばや

〈花が咲くのだけを待っている人に、山里の雪の間から生い出でる草という春の兆しを見せたいものだ〉
六百番歌合

「雪間の草」として、閑雅《かんが》な美意識で、千利休の茶の湯など、後世の文化に大きな影響を与えた一首である。技巧を目立たせない、自然な調べがゆかしい。

霞立つすゑの松山ほのぼのと
　　波にはなるるよこぐもの空

新古今集

〈霞の立つ末の松山を波が越えたかのように、ほのぼのと横雲が離れてゆく明け方の空よ〉

清原元輔の「契りきな」の歌にもあった有名な陸奥の歌枕「末の松山」に、横雲を波に見立てて取り合わせた趣向が秀逸である。

さて、新古今集で、このあとに並んでいるのが先に見た定家の「春の夜の夢のうき橋」の歌だ。

同じ「よこぐもの空」を詠んでも個性の違いが際立つ。年代は家隆の方が先で、定家は当然これを頭に入れて詠んだわけだ。結果的に定家の代表作のひとつとなったが、家隆の一首も見事である。

定家の華麗に対して一歩も譲らない確かさがある。それは家隆の力量であると共に、人間的な魅力でもあるのだろう。そういう大きな意味では、歌は人である。魂であると言ってもいいかも知れない。

99 人も愛《を》し人も恨めしあぢきなく
世を思ふゆゑに物思ふ身は

後鳥羽院《ごとばいん》

続後撰集

〈人をいとしいと思い、また人を恨めしいと思う、この世の中を不如意《ふにょい》のものとして物思いにふけるこの身は〉

ここでは「人」は恋人ではなく一般的な「人」である。「世」も男女の仲ではなく、「世の中」である。上皇の身として、鎌倉幕府との対立の中で思い悩む述懐歌。この思いが承久の乱（一二二一）につながって行くことになる。

後鳥羽院（一一八〇～一二三九）は高倉天皇第四皇子。和歌を好み、武家政権に対抗する、残照の王朝文化の粋を集めた『新古今集』を撰ばせたが、自身も優れた歌人であった。家隆のところでふれたように、承久の乱で隠岐に流され、そこで没する。歌論に『後鳥羽院御口伝《ごくでん》』。家集に『後鳥羽院御集《ぎょしゅう》』。定家については歌人としての並み外れた実力を認めながらも、「傍若無人」と苦々しげに評している。

この歌と、百首目の順徳院の歌は、定家の「百人秀歌」には入っていなかったものである。鎌倉方への配慮ゆえであったか。

他の歌も見よう。

ほのぼのと春こそ空に来にけらし
　天《あま》の香具山かすみたなびく　　新古今集

〈明け方の空がほのぼのとして、まさに春が空に来たようだ、天の香具山に霞がたなびいている〉

歌柄《うたがら》と息遣いが大きい。柿本人麻呂の本歌「久方のあまの香具山このゆふべ霞たなびく春立つらしも」（天の香具山にこの夕べ霞がたなびいている、春となったようだ）（『万葉集』巻十）にひけを取らない。持統天皇の天の香具山も思い起こさせる一首である。

見わたせば山もとかすむ水無瀬川
　夕べは秋となにおもひけむ　　新古今集

〈見渡すと、山のふもとが霞む水無瀬川の景色よ、夕べは秋と、なぜ思っていたのか、春の夕べも素晴らしいではないか〉

清輔のところでふれた「うす霧の」の歌と同じく、『枕草子』の「秋は夕暮れ」という美意識に真っ向からアンチテーゼを放っている。こちらは少納言よ何を言うか、という口《こう》吻《ふん》で、帝王歌人の面目躍如である。代々の天皇の中でもまちがいなく最高の歌人であろう。

でも、私は一緒に現代の歌会に出たら、どうしてそんなにえらそうなの？　と、絶対反発してしまいそうだ。会いたくない。

100

百敷《ももしき》や古き軒端《のきば》のしのぶにも
なほあまりある昔なりけり

順徳院《じゅんとくいん》

〈宮中の、古い軒端のしのぶ草ではないが、偲《しの》んでも偲びきれない昔の良き御代であったことよ〉

続後撰集

「百敷」は宮中。子どもの頃、この意味がわからず、響きがおかしくてたまらなかったことを思い出す。天皇親政の古代を懐かしみ、当代の王朝の衰微を嘆く、深刻な歌であることは夢にも知らなかった。

順徳院（一一九七〜一二四二）は、後鳥羽院の第三皇子。定家に歌を学び、歌論『八雲御抄《やくもみしょう》』、家集『順徳院御集』がある。

後鳥羽院と共に承久の乱で討幕に立ち、佐渡に流される。その地で他界。私は佐渡で順徳院の黒木御所跡を訪ねたことがある。

百人一首はこの歌を以て終わる。最初に天智天皇、持統天皇の親子を据え、最後も天皇父子で締めくくる構成である。

しかし、天智天皇、持統天皇の歌では、確固たる基盤を築こうとしていた王権が、後鳥羽院、順徳院の歌では、武家政権の実力の前にまさに風前の灯となっている。

定家にも王朝と貴族社会の没落に対する深い悲嘆があったようだ。

定家自身は後鳥羽院の勘気にふれた身だったが、院が配流《はいる》されてからは九条家と西園寺家の後援で、歌壇の第一人者となった。権中納言に上り、後堀河天皇から『新勅撰集』の独撰を命じられた。一方、先に述べたように征夷大将軍源実朝との交流もあったことが知られている。

芸術家として孤高の道をゆくことは叶わず皮肉にも政治の渦中にあった。

改めて短歌と天皇制という宿命的なテーマを思う。現在の私は侵略戦争と結びついた近代以降の天皇制には反対だが、そもそも短歌、いや和歌が天皇制のもとに発展して来たのは否定しようのない事実である。そこを歌人として作品の上でどのように総括して行くかが、私の死ぬまでの課題である。

唱和するための下の句の七七をもつ、短歌形式そのものが、天皇を中心とする共同体に奉仕する詩型だった。

その歴史の末に歌を作る以上、一首ごとにこれが権力の器であることを思い、抵抗しつつ言葉を発せずにはいられない。

大和歌の源ゆきて裁くべし
たまきはるわがうちなる天皇制　　**水原紫苑『如何なる花束にも無き花を』**

おわりに

百人一首お楽しみいただけましたか。流れるような調べに乗って、百人と一緒に呼吸を合わせて「物思ひ」をしてくださいましたか。何度も口ずさむと、意味とは別に心に響いて来るものがありますね。

それが人間の無意識に働きかける歌の魔力です。美しい歌がいっぱいありましたね。

本文でもふれた通り、山あり谷ありで、百首すべてが大名歌というわけではないのですが、歌が詠まれた背景や、撰者定家の心情を想像すると面白いですね。

特に、在原業平、小野小町、紀貫之、といった『古今和歌集』の時代の歌人たちや、その後の和泉式部や紫式部や清少納言、あるいは父の俊成、先輩の西行、自分が仕えた九条良経、式子内親王、後鳥羽院、そして同輩の家隆といった同時代の歌人たちとの関係が興味深いと思います。

定家は女性歌人には優しいと感じるのは私だけでしょうか。

小野小町、和泉式部の歌は、どちらも納得が行きます。他にもいい歌はたくさんありますが、百人一首の歌も素晴らしいですね。

紫式部は作家としては大天才ですが、歌人としてはそれほどでもありません。清少納言もそうですね。でもこの二人には精一杯いい歌を採っています。

また、式子内親王の歌は文字通り、最高傑作です。

比べると男性の大歌人たちに対しては微妙な疑問があります。

本文でも述べたように、みんなもっといい歌があるのです。

業平は、紀貫之が『古今和歌集』の「仮名序」で評した通り、心が溢れ出て言葉が追いついて行かないという天衣無縫《てんいむほう》な天才でしたから、なかなか撰ぶのはむずかしいでしょうが、「ちはやぶる」でなければならないということはないでしょう。「月やあらぬ」は読みが二通りあって困るというなら、「世の中にたえてさくらのなかりせば」でも良かったはずです。

また貫之の場合は、定家がはっきり美意識の違いを意識して否定していますね。貫之が冥界で百人一首を見たら、どう思うでしょう。よりによってこれを採るのかという感じではないでしょうか。

父の俊成については、じゅうぶん子としての情愛はこめつつも、自分の晩年の美意識に合わせて、無難な選択をしたというような気がします。

それが最大のライバル西行になると、一見尊重しているようですが、明らかに自分にとって危険な大名歌は外していますね。「心なき」や「命なりけり」は死んでも入れたくなかったのだと思います。

良経に対しては追慕の心が感じられますが、ある意味で良経も定家にはない自在さや高貴さを持っていたので、定家にとっては怖かったでしょう。必ずしも最高傑作を採ったというわけではありませんね。

そして帝王と臣下でありながら、ライバル関係でもあった後鳥羽院については、承久の乱で隠岐に流されてからの有名な「我こそは新島もりよ隠岐の海の荒き浪風心して吹け」(私こそが新しいこの島の主だ、隠岐の海の荒い浪風も私を敬って静かに吹け)は採っていません。それはもちろん鎌倉幕府との関係を慮《おもんぱか》ったためもあるでしょうが、こうした真っ向から大きく心をうたう作風自体を認めたくなかったのではないでしょうか。

また後鳥羽院に最後まで忠節を尽くした家隆の歌は、とてもあっさりした一首ですね。これはこれで良いと思いますが、家隆にももっと凄い歌があります。

こう述べて来ると、定家が大変嫉妬深い狭量な人間のようですが、これは私の深読みなので、定家卿にはお許しいただきたいところです。でも、芸術家というのは、常に他者への愛憎が渦巻いている厄介な存在だと思います。

それを知ることも百人一首のひそかな味わいです。百人一首とは定家との対話でもあるのですね。

定家のことを本文でも芸術家と呼びましたが、この呼び方には西洋近代のイメージが強くて、本当にこう言ってしまっていいのかどうかもわかりません。私にとっては、定家は、たとえばボードレールやマラルメのはるか前に生まれた象徴派詩人であり、芸術家そのものなのですが、他の歌人たちは少し違います。西行は芸術家などという括り方のできない行動する人間でしたし、業平、家持、人麻呂と歴史を遡って行くと、もっと言葉が神々に近いもので、個人の創作物ではないような印象がありますね。

定家と同じような意味で芸術家であろうとしたのが、たとえば現代短歌の塚本邦雄(一九二〇〜二〇〇五)です。

本文でも歌を紹介しましたが、代表歌を挙げておきましょう。

馬を洗はば馬のたましひ冱ゆるまで
人戀はば人あやむるこころ　　塚本邦雄『感幻樂』

〈高貴な動物である馬を洗うならばその魂が冴えわたるまで、人に恋するならその人を殺すほどの心でいたい〉

王朝の貴族社会の共同体に奉仕するための古典和歌と、一般庶民の自己表現の詩である近現代短歌とは、再三述べたように成り立ちが全く異なります。

塚本邦雄は、歌の形は大胆に三十一音の黄金律の詩として旧来の調べに反逆し、内実では、近代短歌が捨て去った王朝和歌の富を、主に『新古今和歌集』を中心として短歌に取り戻そうとしました。

ちょうど定家が、源平の戦乱の世を生きながら、言葉の美の極北を求めることで時代と拮抗したように、戦後日本の社会を撃つものとして、象徴派的な前衛短歌を求めて行ったのです。

塚本に同行したのが、本文でも取り上げた岡井隆（一九二八〜二〇二〇）であり、寺山修司（一九三五〜一九八三）そして春日井建（一九三八〜二〇〇四）でした。

また引用することはできませんでしたが、葛原妙子（一九〇七〜一九八五）、斎藤史（一九〇九〜二〇〇二）そのあとの山中智恵子（一九二五〜二〇〇六）、馬場あき子（一九二八〜）といった女性歌人たちの歩みも大きなものだったのです。

ここから現代短歌は始まりました。

そしてさらに俵万智（一九六二〜）、加藤治郎（一九五九〜）、穂村弘（一九六二〜）、東直子（一九六三〜）といった歌人たちが口語短歌の道を開きました。

今世紀に入ってからは、ほとんど口語短歌が主流ですが、それでいながらどこか王朝和歌の匂いがする、危険で優雅な作品が登場するようになっています。本文に引いた笹井宏之（一九八二〜二〇〇九）や大森静佳（一九八九〜）や新しい文語派の川野芽生（一九九一〜）の歌がその一例です。また、本文では、大西民子（一九二四〜一九九四）、井辻朱美（一九五五〜）、本田一弘（一九六九〜）というそれぞれ独自の個性をもつ歌人もご紹介しています。

口語でも文語でもいいので、みなさんもどうぞご自分の「物思ひ」で歌を作ってみてください。約束は五七五七七だけです。他に何の決まりもありません。

百人の歌人たちと呼吸を合わせた快感をそのまま大事に持っていてください。歌は誰でもいつでも作れます。慰めにも励ましにも支えにもなります。

そしてこの世には、歌に呼ばれた人というものもいるのです。あなたがその一人かも知れません。

参考文献

井上宗雄『百人一首　王朝和歌から中世和歌へ』笠間書院、二〇〇四年
久保田淳『藤原定家』ちくま学芸文庫、一九九四年
久保田淳『藤原定家全歌集　上・下』ちくま学芸文庫、二〇一七年
久保田淳『「うたのことば」に耳をすます』慶應義塾大学出版会、二〇二〇年
小池昌代『日本文学全集　百人一首』河出書房新社、二〇一五年
島津忠夫『新版　百人一首』角川ソフィア文庫、一九九九年
高橋睦郎『百人一首　恋する宮廷』中公新書、二〇〇三年
塚本邦雄『定家百首　良夜爛漫』河出文庫、一九八四年
塚本邦雄『新古今の惑星群』講談社文芸文庫、二〇二〇年
馬場あき子『馬場あき子の「百人一首」』ＮＨＫ出版、二〇一六年
松村雄二『百人一首　定家とカルタの文学史』平凡社、一九九五年

※本書は、講談社PR誌『本』二〇一八年一月号から二〇二〇年一月号まで連載した「百人一首うたものがたり」を元に大幅に加筆しました。

講談社現代新書　2612

百《ひゃく》人《にん》一《いっ》首《しゅ》　うたものがたり

二〇二一年三月二〇日第一刷発行

著　者　水原紫苑《みずはらしおん》　

発行者　鈴木章一

発行所　株式会社講談社

東京都文京区音羽二丁目一二―二一　郵便番号一一二―八〇〇一

電　話　〇三―五三九五―三五二一　編集（現代新書）

〇三―五三九五―四四一五　販売

〇三―五三九五―三六一五　業務

装幀者　中島英樹

印刷所　豊国印刷株式会社

製本所　株式会社国宝社

本文データ制作　講談社デジタル製作

定価はカバーに表示してあります　Printed in Japan

N.D.C.911.14　221p　18cm

ISBN978-4-06-522790-9

「講談社現代新書」の刊行にあたって

教養は万人が身をもって養い創造すべきものであって、一部の専門家の占有物として、ただ一方的に人々の手もとに配布され伝達されうるものではありません。

しかし、不幸にしてわが国の現状では、教養の重要な養いとなるべき書物は、ほとんど講壇からの天下りや単なる解説に終始し、知識技術を真剣に希求する青少年・学生・一般民衆の根本的な疑問や興味は、けっして十分に答えられ、解きほぐされ、手引きされることがありません。万人の内奥から発した真正の教養への芽ばえが、こうして放置され、むなしく滅びさる運命にゆだねられているのです。

このことは、中・高校だけで教育をおわる人々の成長をはばんでいるだけでなく、大学に進んだり、インテリと目されたりする人々の精神力の健康さえもむしばみ、わが国の文化の実質をまことに脆弱なものにしています。単なる博識以上の根強い思索力・判断力、および確かな技術にささえられた教養を必要とする日本の将来にとって、これは真剣に憂慮されなければならない事態であるといわなければなりません。

わたしたちの「講談社現代新書」は、この事態の克服を意図して計画されたものです。これによってわたしたちは、講壇からの天下りでもなく、単なる解説書でもない、もっぱら万人の魂に生ずる初発的かつ根本的な問題をとらえ、掘り起こし、手引きし、しかも最新の知識への展望を万人に確立させる書物を、新しく世の中に送り出したいと念願しています。

わたしたちは、創業以来民衆を対象とする啓蒙の仕事に専心してきた講談社にとって、これこそもっともふさわしい課題であり、伝統ある出版社としての義務でもあると考えているのです。

一九六四年四月　野間省一